JN149163

三月の空を見上げて

――戦災孤児から児童文学作家へ

漆原智良

第三文明社

はじめに

戦争が一度勃発すると、
何千万人という生命が犠牲になっていく。
戦争の最中には
尊い生命を奪われた家族が悲しみに沈み、
戦争が終結しても
つらい哀しみを背負った家族には、
人生という名の闘いが待っている。
第二次世界大戦での日本人の犠牲者は三百余万人。
その三百余万人分の一の
小さな足跡を見つめる。

私はいま東京の郊外、清らかな水を湛え、東京の飲料水を支える玉川上水の取水口がある羽村市に住んでいる。家の隣には羽村市動物公園がある。ウサギとカメが同居した「ウサギとカメの童話ランド」をはじめ「サルさんの童話ランド」「ブタさんの童話ランド」など十数個の童話ランドがある。この動物公園は全国でも初めてという、小学校への通学路にもなっている。

毎朝、動物たちの勇ましい鳴き声に目を覚まし、元気をもらってからペンを握り、児童文学作品や、絵本、教育書などの言葉を紡ぎ出すために、原稿用紙に向かっていく。著述業に定年退職はない。命あるかぎり、「自分の思いを書きつづけていく」つもりでいる。

私は、戦争の足音が次第に忍び寄ってきた昭和九年(一九三四年)、東京・浅草区(現在・台東区)千束町大通りのたばこ卸店の長男として生まれた。

やがて二・二六事件、日中戦争が起こり、軍国主義の渦まくなかで育てられていった。いつしか、「少国民」という名のベルトコンベアに乗せられていったのである。
昭和十六年（一九四一年）十二月八日、太平洋戦争が勃発する。花電車、旗行列に酔った戦果祝賀行事は一瞬の花火にすぎなかった。その半年後には、連合国軍の日本本土への空襲が始まる。物資不足により庶民の生活はまたたく間に奈落の底へ落ちていく。

母は、連日連夜「国防婦人会」の一員として、隣組の防空演習に駆り出されていく。だが、昭和十八年（一九四三年）五月、竹槍訓練中に倒れ、その過労が原因で三十歳の若さで天国へ旅立ってしまった。

昭和十九年（一九四四年）四月、本土への空襲が一段と激しくなってきて、ついに「強制疎開命令」が発動された。親戚・知人を頼れるものは「縁故疎開」をしてほしい。それができない学童（国民小学校三年生〜六年生）は「集団疎開」をおこなう、という命令であった。五年生の私は、父の実家である福島県猪苗代町の祖母の家に疎開することになった。全国では、七十万人を超える学童が農山村などに疎開したのである。国が学童を疎開させるのは、戦争完遂のために次世代の兵士を温存しておくという目的があったからだ。

昭和二十年（一九四五年）三月十日。東京下町一帯は大空襲を受け、多くの犠牲者を出した。父も、義祖母も行方不明となってしまった。あの夜の空襲で十万人余（推定）にも及ぶ死者が出たのである。浅草寺、隅田川、地下鉄……。家族は、どこへ逃げたのか、いまだに所在不明である。

同年八月十五日——太平洋戦争は日本が敗れて終結した。その日を境に、私は「戦災孤児」（当時はそう呼ばれた）という烙印を押され、生活は一変した。

空襲などによって、家族すべてを失った十四歳以下の戦災孤児は約二万八千余人（一九四八年調査）にも及ぶという。終戦直後の混乱期でもあり、国の調査の数字も確かなものではない。後日、その約一割の子どもが公共施設に収容されたと報告されている。

私にとっては、その日こそ、人生の荒波と闘わなければならない「社会との開戦記念日」になったのだ。

戦後、戦災孤児の大半は、親戚に引き取られたり、または商家奉公に出て過酷な人生を歩み始めたのである。

私と妹は、栃木県に疎開していた母方の祖父と義祖母の元で養育されることになった。祖父は預貯金や債券をだいぶ蓄えていたようだ。しかし、またたく間のインフレの波と病気から生活が行き詰まる。

私は、中学校を二年で中退し、ノコギリ店、下駄屋、電機屋……と丁稚奉公に出ることになった。その日から「生きることの厳しさ、難しさ」を肌で感じ取るようになった。でも、いかなる困難の壁に突きあたろうとも「生きること」に必死にしがみついた。

私は十三歳八カ月から、八十余歳になる今日まで、一日も休むこともなく働きとおしてきた。天国から家族が見守っているのか、病気で入院することもなかった。

戦前の名残があった丁稚奉公から始まり→工員→社員→定時制高校→夜間大学→孤島の教員→中学校教諭→大学講師→著述家として七十余年働きながら歩みつづけてくることができた。

「あなたは、運に恵まれている」と、人に言われる。私は首を横に振る。
「人生は、ただ一度かぎり。自分の願いを込めた道を選択し、すばやく決断し、その目標に向かって誠実に歩んでいると、必ず寄り添ってくれる人が現れたり出会ったりするものです」と。

本書は、3・10（東京大空襲）から3・11（東日本大震災）までの人との出会い、本や旅との出会い、体験から生み出された生きる力などに焦点を絞り、寄り添い、寄り添われて歩んできた半生をまとめあげたものである。

漆原智良

三月の空を見上げて

――戦災孤児から児童文学作家へ

もくじ

第一章
幼い日の記憶
――オクニノタメニ

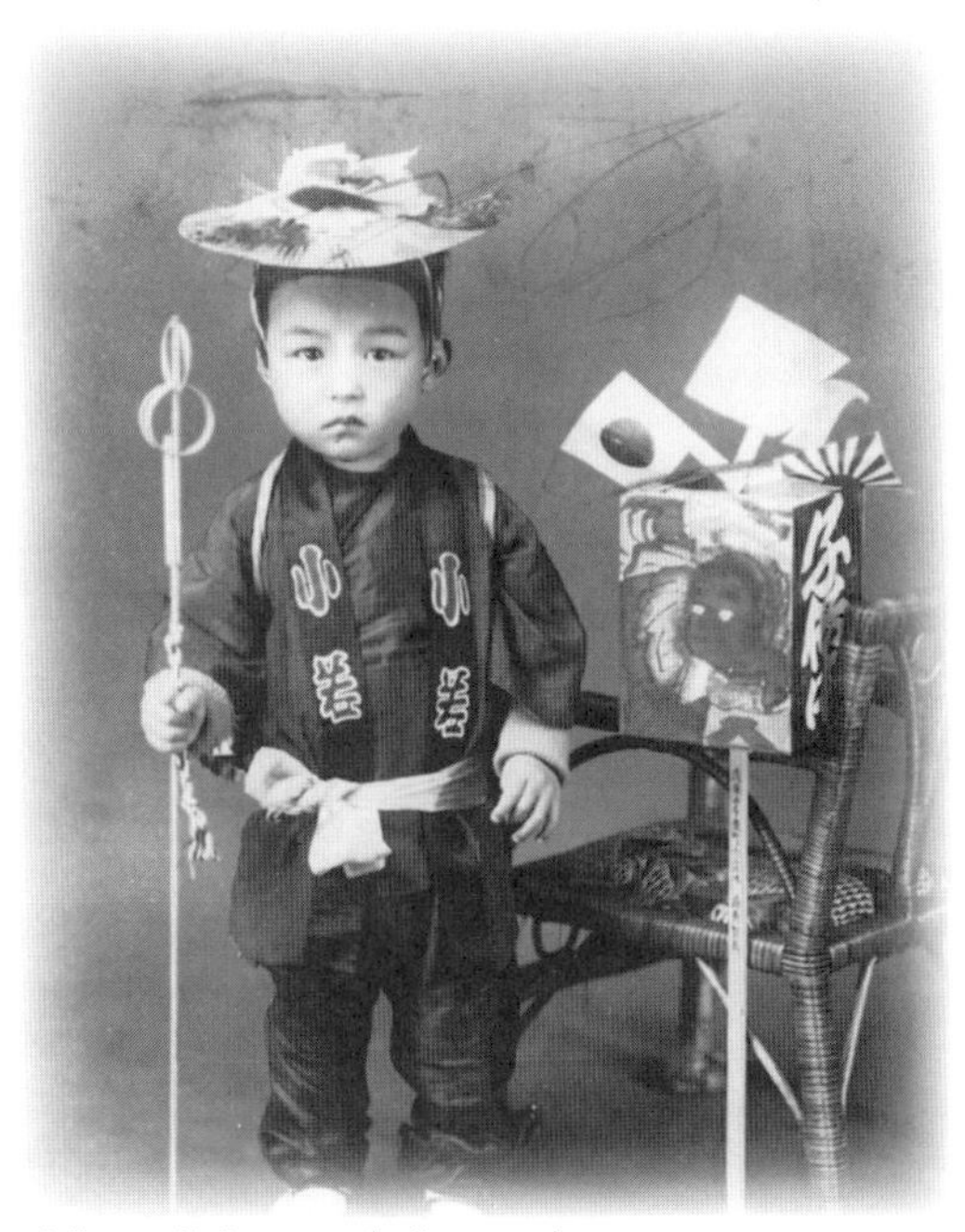

浅草の三社祭の日に（3歳のころ）

時忘れじの集い

東京・上野公園のカンザクラが絢爛と咲き誇っていた。春を感じさせる柔らかな暖かい風が足元から吹き上げてきた。平和を象徴するかのようにハトが頭上を飛び交っている。両親に手を引かれた幼子が、スキップをしながら上野動物園へと急いでいる。心が躍るような、微笑ましい平和な光景である。

平成二十九年（二〇一七年）三月九日。私は妻が精魂傾けて折り上げた千羽鶴を抱えて、「東京大空襲・時忘れじの集い」の会場へと向かった。

はじめに、寛永寺の近くにある「哀しみの東京大空襲」慰霊碑前で十時からおこなわれる供養式に参加し、空襲犠牲者の冥福を祈った。

そのあと、上野公園内の清水観音堂横にある、いこいの広場・平和の母子像「時忘れじの塔」記念式典会場へと移動する。

戦災で家族を亡くされた海老名香葉子さん（エッセイスト・ねぎし事務所代表取締役）

が、「炎の下町の、あの忌まわしい戦争を風化させてはならない」と発願（ほつがん）された平和への誓いは、十三回目を迎え、この年も多くの人々が供養に訪れていた。戦災孤児の一人であった私も、この集いには毎年欠かさず参加している。

開式までの間、供養式でいただいた海老名さんの「ごあいさつ」の文章を広げる。

「……あの哀しみの日から七十二年が過ぎました。火の海で昇天（しょうてん）した人たち、どんなに苦しかったことか、でも、まだどこかで生きているのではないかと思う、残された者の思いです。戦災孤児と云（い）われましたが、その証明はありません。慰霊協会に届けを出していなかったからだそうですが、遺体を見届けるこ

時忘れじの塔

とができなかった十一歳の少女の私です……(以下略)」

毎年、式典では海老名香葉子さん、ご子息の林家正蔵さん、二代目林家三平さんのあいさつをはじめ、幼稚園児、小学生、中学生などによる合唱や作品朗読がおこなわれている。

音楽が流れると、あたりの木々の葉が寂しげに揺れる。

私は静かに目を閉じる。と、瞼の奥にもうひとつの想像の世界が浮かびあがってくるのだった。

昭和二十年(一九四五年)三月九日。夜十一時五十分、東京上空にアメリカの戦闘爆撃機B29が約三百機来襲し、翌十日未明にかけて市街地を盲爆した。

突然、閃光が走った。と、やみくもに焼夷弾が矢継ぎ早に落ちてくる。地上に紅蓮の炎が舞い上がり、やがて炎は大きな輪となって迫ってくる。たちまち炎は街を包み込んでいく。

父は布製の救急袋と防弾マスクを左右の肩から下げ、足にゲートルを巻き、戦闘帽をかぶって避難準備を始める。あたりを揺るがす凄まじい炎の轟音に、家の台所の隅に造られた防空壕に潜るどころではない。父は、祖母の手を取って外へ飛び出す。広い千束町大通りは、悲鳴をあげながら幼子の手を引いて逃げ惑う人、髪を振り乱して奇声を発する人、それはまるで火の海地獄。黒煙が北風に乗って大通りを走り抜けていく。

南の浅草寺方面通りも、東の隅田川方面通りも、闇夜に舞い上がっていく炎が壁となり、すべてのものを遮断してしまう。

父は店の前に置かれているセメントで造られた防火用水の水をバケツですくうと、自分と祖母の体に交互にかけて、言問橋方面へと走り出す。

浅草の下町には、木造住宅が軒を連ねている。それだけに木材が焼けてはじける音が、あたり一面から迫ってくる。熱気が身体を包み、水分はまたたく間に蒸発してしまう。赤子を背負い、幼児の手を引いて逃げ惑う母親が転ぶ。と、その上に重なるように三人、四人と倒れていく。

焼夷弾の雨がやんだ。すると、そこへ闇夜を切り裂くかのように大型爆弾が落とされ、炸裂した轟音が地面を揺るがせ、その振動が伝わってきた。熱風が歩道を震撼させていく。

いま、父と祖母が向かっている西の方角も炎の壁で遮られてしまった。まるで迷路に紛れ込んでしまったように、人々は吸った息の喉の感覚によって少しでも熱気を感じない方向へと逃げ道を探っていく。目は煙でかすみ、やがて熱しきった空気は吸うことさえも困難となる。皮膚は次第に熱風で引きつってくる。

父と祖母は逃げ場を失う。

「ともよしー」

「やえこー」

叫ぼうとするが、声が出ない。人びとの悲鳴と、家並みが崩れ落ちていく音。

――ギャ〜ッ

――グヴォ～

断末魔に似た叫びが、炎といっしょに真っ赤な夜空に舞い上がっていく。


私は、ふっと我に返る。

そこには、十一歳の少年に戻っていた八十三歳の老人、つまり「人生の糸」を手繰り寄せていた自分がいたのだった。

七十二年前の東京大空襲によって、奈落の底に落とされた兄妹は、この日を境に生活が一変する。家族、家財のすべてを失い「戦災孤児」という烙印を押されて歩み出さなければならなかったからだ。

いま、この会場に集っている五百人近い人たちのなかには、さまざまな過酷な体験を積まれてきた方が数多くいるはずだ。

私の胸中には、「この席に座っていられるのも、いままで多くの人々に寄り添われ、温かく見守られてきたからである」という、感謝の念があふれていた。

厳しい母のしつけ

私は東京・浅草の浅草寺の北側（裏側ともいう）にあたる、当時の浅草区千束二丁目（現在の台東区浅草五丁目）の漆原家の長男として生まれた。

千束町大通りに面した商店街で義祖母・カツが、たばこと文房具販売の店を営んでいた。たばこが明治時代に専売制になってからは「三島屋」という看板を掲げて、たばこの卸商をしていたのだ。

父（正夫）は、福島県郡山市の旧制安積中学校を卒業すると、上京し、専売局に勤務していた。毎日たばこを積んだ大八車を引いて、卸店を巡っていたそうだ。「真面目な、好青年だ」と見込んだ祖母が、人を介して「ぜひ、漆原家の養子に」と頼み込んだ。

祖母には子どもがいなかった。父は、カツに見込まれて漆原家の養子に入った。私の父と母（栄子）は、漆原家の養子と養女という縁組で結ばれた。

母の父（私にとっての祖父）は、大正時代から昭和にかけて活躍した脚本家、高橋茂三郎（本名・高橋茂）である。祖父は松竹映画の専属で脚本を執筆し、ときには映画のロケ地探しに全国各地を奔走していた。

祖父は早くに妻とは離婚していた。私の母を「松竹映画の女優にしてはどうか」と誘われたそうだが、当時の女優生活の現実を知っていた祖父は、きっぱりと断ったそうだ。ところが、男手ひとつでの子育ては難しい。そんなことから、高橋の叔母にあたる漆原カツ家に、養女として預けたのだった。

数え年4歳のころ、父と（昭和12年1月）

昭和九年（一九三四年）に私が誕生し、四年後に妹が生まれた。私が三歳の年に日中戦争が勃発した。日本の軍部には、やがて太平洋戦争へと拡大していく兆候があった。

私は、五歳で浅草寺伝坊院幼稚園に入園した。

幼稚園は浅草寺の仲見世通りに面していた。五歳の園児にとっては、自宅から遠い距離だった。毎日、母に手を引かれて送り迎えをしてもらった。幼稚園からは毎月『キンダーブック』という絵本が与えられていた。しかし、母は、「本だけは、たくさん読みなさい」と、週末には決まって書店に寄り、子どもの本を買ってくれた。

昭和十五年（一九四〇年）、千束尋常小学校に入学した。小学生になると、母は、三つの約束事を決めた。

「本は、毎日読みなさい」

「一日一行でも日記を書きなさい」

「どんなことでも正直に話しなさい」

母は、『日本のおとぎ話』『イソップ物語』『山中鹿之助』『猿飛佐助』など、さまざまな種類の本を買ってくれた。私の心のなかでは、いつも物語の主人公が躍動していた。

母は勉強にも厳しかった。私が帰宅する時間には長火鉢の脇に座っていて、その日の学校の様子を尋ね、さらに「漢字の書きとり二十題」と「算数の問題十題」を出題したのである。合格目標は八割で、目標に達しないと、その日は遊びに出してもらえなかった。私は遊びたいがために勉強をがんばった。

近所の仲間と遊ぶことほど楽しいことはない。大通りはバスや車

数え年5歳のとき、七五三で母と（昭和13年）

の往来が激しいので、子どもたちは横丁に入って、石蹴り、かくれんぼ、縄跳び、メンコ、相撲、ベーゴマ、チャンバラごっこなどの遊びに興じていた。

たまに、小遣いをもらうと、少しばかり足を延ばして、浅草松屋の屋上の遊び場で電気自動車に乗ったり、楽天地（現在の浅草花やしき）へ行って回転木馬や観覧車に興じ、お化け屋敷に入ったりしたものだった。また、浅草六区のひょうたん池で、そっと隠れるようにしてオタマジャクシを網ですくったり、昆虫を探すのもスリルがあった。

母は「子どものときから、多くのことに触れておかなければいけない」と、学校が休みになると、遠くまで連れて行ってくれた。

私だけのときもあるし、同級生の親友などを誘っていっしょに行ったこともあった。上野公園の博物館や動物園、銀座へ出ての観劇、日比谷公会堂での催し、忠臣蔵の泉岳寺……。一つひとつの体験が血肉となっていった。

戦争の足音が刻々と大きく響いてきた。

昭和十六年（一九四一年）十二月八日。ついに、日本軍は真珠湾を奇襲攻撃して太平洋戦争が勃発した。

開戦当初は、先生から発表される各戦場での戦果に喜び、「やれ、旗行列だ」「やれ、路面花電車だ」と酔いしれていたものだった。だが、それも束の間、しだいに雲行きは怪しくなり、戦況は悪化の泥沼へとはまり込んでいく。

学校も、尋常小学校から国民小学校へと名称が変わり、男女共学の廃止、軍事教練の指導充実へと突き進んでいく。

国民は、すべては軍部からの一喝「オクニノタメニ」の美名のもとに、「鉄などの金属類は、爆弾を製造するために供出せよ」との命令に従っていく。寺院の鐘楼、子どもの遊び道具であるべーゴマまでも取り上げられていった。

開戦の翌年には、食料不足も深刻になってきた。母は、配給された赤みを帯びた玄米を一升瓶に入れ、細い棒で何度も突きながら精米にしていた。

昭和十八年(一九四三年)になると、本土決戦に備えて隣組の団結はいっそう強化されるようになった。そのころになると、東京の上空にもアメリカの偵察機、爆撃機などが姿を現すようになってきた。母も「国防婦人会」のたすきを肩から下げ、いざ本土決戦、というときのために、バケツや竹槍を手にして、毎日のように防火訓練に参加するようになった。

父はそのころ、陸軍省関係の皮革国光会という会社に勤務していたので出征だけは免れていたが、「いつ、赤紙(召集令状)が来るかわからないから、覚悟だけはしておけよ」と、ことあるごとに、私に言い聞かせていた。

その年の五月。私が四年生になってまもないころ、母は竹槍の訓練中に突然、倒れてしまった。隣組長から知らせを受けた私は、横丁の広場へ飛んで行った。

母は、血の気の引いた青い顔で横たわっていた。

「お母さん、しっかりして!」

私は母に取り縋って、揺り動かした。

「だめだ、だめだ、動かしちゃ……」

組長さんが、私の腕を力強く、母から引き離した。

しばらくして、年老いた医師が息せき切って駆けつけてきた。隣組の担架で医院に運ばれた母は、手当てを受けた後、「絶対安静」の診断を受けて自宅に帰された。だが、看護の甲斐もなく、その一週間後に天国に旅立ってしまったのである。享年三十の若さであった。

老医師が耳元で、そっと小声でつぶやいた。

「防空演習による過労ですなぁ」

当時、医者のこうした言葉が軍部に漏れたら、「非国民」として取り調べを受けることになってしまう。率直にものも言えない。そんな時勢であった。

母の死は、少年の私に強烈な精神的打撃を与えた。

父は会社勤務、祖母は店を守る。しかも、そのころから、たばこは配給制になったのだ。たばこの入荷量が少なくなり、朝夕の販売時間には店の前に行列ができた。私は、「店の手伝いをしなければ……」と、並んだ客に「たばこ購入順番札」を配る手伝いを始めたのだった。

野口英世の校訓

昭和十九年(一九四四年)になると、日本本土への空襲は一段と激しさを増してきた。学校への登校時には、敵機来襲に備え、身を守るために必ず防空頭巾を肩から下げていた。やがて、東京は連日のように警戒警報、空襲警報のサイレンが鳴り響くようになった。

五年生に進級したとき、国から「学童疎開」の強制命令が下った。

「将来、戦場に向かう諸君らの命は尊い。地方に親戚や知り合いのいる者は、ただちに縁故疎開をしてほしい。それができない者は、夏休みになったら宮城県の松島に集団疎開をおこなうことにする」

その年の七月、私は、父の実家である福島県の猪苗代町の祖母のもとに身を寄せることになった。

猪苗代町は、背に凛とした雄大な磐梯山を、膝には、豊かな水をたたえた猪苗代湖を抱いたのどかな町だった。

祖母の家には、伯父(父の兄)家族も疎開してきていた。私は五年生の二学期から、猪苗代国民小学校の学童となった。

猪苗代での学校生活は毎日が戸惑うことの連続であった。一教室には五十数人もいた。私の疎開後も、日ごとに疎開学童で膨れあがっていった。縁故疎開の転入生が増え、ついに一教室七十人を超えるまでの学童数となった。

木造の講堂(体育館)の両壁面には、猪苗代小学校を卒業した医学博士・野口英世直筆の「至誠」「忍耐」の額が飾られていて、それが校訓ともなっていた。その言葉を、学童たちは登校すると毎日大声で叫ばされたのである。

「至誠」=まじめに。真心の意。人には誠実に接することが大切なのだ。

「忍耐」=耐え忍ぶことの意。がまんをすれば必ず花が咲く。

先生は、ことあるごとに、「本校は野口英世先生の出身校だ。諸君も誇りをもって、勉学に励むのだぞ」と、学童を叱咤激励する。猪苗代の祖母からも、「英世先生は、一里半（約六キロ）の道を歩いて学校へ通ったんじゃ。少しぐらいのことで、へこたれるんじゃねえぞ」と、ことあるごとに説教されたものだった。

学校も家庭も、生活のすべてが、野口英世の言葉がしつけの中心に置かれていた。しかし、言葉では理解していても、都会生活から百八十度転換した猪苗代の生活になじむのは容易なことではなかった。

転入早々、学校での作業は、食料不足を補うためのイナゴ捕りから始まった。午後の授業は農作業に変わるのだ。

学級は五、六人が一つの班になり、いくつかの班が構成される。すべての作業が、班対抗によって競わされる。地元の学童はイナゴをすばやくつかみ、竹筒のついた袋に次々と入れていく。しかし、私はイナゴを捕らえるのに親指と人差し指を広げて迫るので逃げられてしまう。地元の学童のイナゴ袋が膨らんでいくのに、私の袋の中には十数匹が飛び跳ねているだけであった。

班単位の競争であるから、みんな懸命だ。学校に戻り、班ごとに目方を量られる。

さらに、大声で叫ばされる。

「漆原　二十八匁(約百グラム)」

あまりの、イナゴの量の少なさに周囲からせせら笑いが沸き起こる。

班長は、先生から「お前らの班は規定量に達していない」と気合を入れられる。すると、仲間の冷たい視線が私に注がれる。その波長は「漆原のせいだぞ」とでも言わんばかりの、激しい怒りに満ちていることが、その場の雰囲気から感じられる。班長には絶対服従の時代だ。ただ黙ってうつむいているしかない。

放課後、職員室に呼び出される。恐る恐る職員室の入口に立ち、大声を張りあげる。

「ショウゴノイチ　五十三バン　ウルシバラトモヨシ　ハイリマス(小五の一　五十三番　漆原智良　入ります)」

「よ～し」

先生の入室許可の声が出てから足を踏み入れる。おどおどした姿勢で、担任の先生の前に立つ。

先生から、食料増産の意義と農作業への意欲を懇々と諭され、さらに、最後に校訓を十回叫ばされる。

「至誠、忍耐、至誠、忍耐………」

こうした学校生活が連日つづいた。

学校へは、軍部から時折、軍馬にまたがった下士官がやって来る。国民学校で軍事教練や農作業の指導が、きちんとおこなわれているか、視察にやって来るのであった。

学校での農作業は連日のようにつづく。農家の青年、若者は大半が出征して戦場へ向かっていく。中学生たちは勤労動員で工場などに駆り出されている。国民高等小学生や小学校高学年の学童は貴重な労働力なのだ。

農作業は稲刈り、落穂拾い、米俵を作るための縄ない作業とつづく。磐梯山のふもとからの材木運びも重労働だ。その作業も班単位の競争である。先生は「もっと、オクニノタメニ、力を入れさせろ」と、学級長を叱る。学級長は班長に対して気合を入れる。そうしたことから、農作業に慣れない学童たちは、農作業が規定量に達しないことを理由に、いじめの対象にされる。

軍部→文部省指導部→学校長→担任→学級長→班長→班員。

こうした体制のもとに、食料増産指導がおこなわれていったのだった。

農作業の足手まといになった疎開学童は、絶えずいじめの矢面(やおもて)に立たされなければならなかった。

「そかいっぺは、だらしがないぞ」

「怠(なま)けていると　いくさに勝てないぞ」

教室では、毎日のように罵声(ばせい)を浴びせかけられた。

年の瀬になると、一年生の妹も猪苗代に疎開してきた。それまでは、四年生以上が疎開の対象であったが、東京は連日連夜、空襲を浴びるようになり、低学年の学童や幼稚園児までも、地方に疎開させられることになったのだ。

北国の冬の訪れは早い。磐梯山をはじめ、校舎西側の亀ケ城跡、校庭など、あたり一面が銀色に輝く雪に覆われてしまった。

猛吹雪の日でも休みはない。心身鍛錬の名のもとに、校庭での軍事教練がおこなわれる。男子は竹槍、女子はナギナタを抱えて、雪の上に作られた藁人形に向かって突進していくのだ。

藁人形の前で、私の竹槍が一瞬止まった。

突けなかった。と、突然、軍事教練担当の先生が飛んできて、いきなり頬を叩いた。頬に電流が走った。今日もまた、ビンタを食らった。

「きさま、敵を倒せないのか！」

私は、その場にひざまずいて雪を握りしめた。

「忍耐」

口をかみしめ、じっとこらえた。

赤い雪は命を奪う

昭和二十年（一九四五年）の冬。磐梯山も、街並みも白い布にすっぽり包み込まれてしまった。

「雪は例年になく深い」と、町の人々は語り合う。祖母の家も、軒先まで雪が積もり、やがて二階の戸口から出入りするようになった。学校へは、藁で編んだ靴を履（は）き、スキーで集団登校するようになった。

日本の戦況は日を追うごとに厳しさを増してきた。

磐梯山の上空にも、郡山方面から新潟方面へ向かって敵機が飛び交（か）うようになってきた。先生たちの顔つきも、まるで般若（はんにゃ）の面のように、日ごとに厳しく変わっていくように感じられた。おとなたちはひそひそと「日本本土での決戦も近づき、その準備態勢に入ってきたようだ」と、話し始めるようになった。

防空強化、食料確保、軍事増産協力……。こうした作業は、国民小学校の学童、つまり少国民と呼ばれた私たちが、その一端を担(にな)うことになってきたのだ。

　私は東京の父に手紙を出した。便箋(びんせん)には、田舎での慣れない農作業のつらさや、その作業は班の競い合いなので、いつも規定量に達しないためにいじめられることなど、ありのままの事実を書き綴(つづ)った。そして最後に「浅草の仲間が集団疎開している松島へ行きたい」と、訴(うった)えたのである。

　二月下旬、父は驚いて東京から飛んできた。

「……集団疎開というのは、お前が思っているほど甘いものではない。近所の人の話によると、子どもたちは洗濯もできないで、シラミに泣かされているらしい。そのうえ、食べるものも少ない。栄養失調になっている子も多いそうだ。それでもみんなオクニノタメニがまんしているんだ。それに、海に面した松島も危ないということで、今度は遠刈田(とおがった)という山の奥へ再疎開するそうだ」

　父は重い口調で、懇々と諭すように言った。

　それから、東京の地図を広げると、赤色のエンピツを握り、「東京は、このところ毎日敵機がやってきて、焼夷弾を落としていく。この街も、この街も、いまは跡形もない」

と、空爆を受けた街を赤く塗(ぬ)りつぶしていった。

「東京では、警戒警報のサイレンが鳴るたびに、避難準備をしなければならない。そうした生活に比べたら、田舎の農作業なんて何でもない」

父は、ひと呼吸おくと、真剣な眼差(まなざ)しで、「東京の赤い雪（焼夷弾）は人の命を奪(うば)ったり、家を焼いたりするが、福島の雪は真っ白で、ただ冷たいだけじゃないか。いくら身体に降りかかってもすぐに溶(と)けてしまう。日本が勝つまでは、お互いにがんばろうじゃないか」と、私の坊主頭を大きな掌(て)でくるくるとなでまわした。

父が東京へ帰る日は猛吹雪だった。

「停車場まで送っていくよ」

猪苗代の街から、猪苗代駅までは二キロほどあった。

「この吹雪じゃ、帰りが大変だから……」

父は首を振ったが、父の傍(かたわ)らに一時(いっとき)でもいたかった私は、外套(がいとう)で身を包み、防空頭巾をかぶり、藁靴を履いていた。

父の長靴が、大きな足跡を作ってくれた。そこに私の藁靴が自然に吸い込まれていく。新雪と藁靴がきしみ合う音が、風の音を消し、心地よく響いてきた。猪苗代の湖畔から風に乗って襲いかかってくる雪が足元に巻きつき、さらに螺旋状に顔にも巻きついてくる。その瞬間、あたりは白い壁となり、道は途絶えてしまう。

それまで黙々と歩を進めていた父が、外套の雪を払い落としながら振り向いた。

「赤い雪は人の命を奪うが、白い雪はいいよなあ」

五十分近く吹雪にもまれながら猪苗代駅に着いた。

駅の切符売り場から駅員が顔を出して、「雪のため、列車は二十分ほど遅れる」と告げた。それだけ父の傍にいられると思うだけで、思わず笑みがこぼれた。

やがて、列車は雪を切り裂くようにホームに滑り込んできた。

「じゃあ、身体に気をつけてな。小さなことで、弱音を吐くんじゃないぞ。また、会いに来るから……」

父は、私の背中を数回、軽く叩くと列車に乗り込み、空いている座席を探すために車両の奥へと歩いていった。私は、腰をかがめながら、車窓越しに父の姿を追った。父は座席を決めると荷物を棚に上げ、くもっている車窓に「ハアッ」と息を吹きかけ、指先でくるくると円形にこすりはじめた。明るくなった窓越しに、父の穏やかな顔だけがくっきりと映し出された。

私は直立不動の姿勢をとると、防空頭巾に手をあてて敬礼の形をとった。すると父も、軍帽をかぶり直し、真剣な眼差しで返礼してきた。お互いの深刻な顔はひと呼吸のうちに消えた。そして、同時に笑顔に変わった。それは、「お互いにがんばろうな」という、以心伝心（いしんでんしん）の微笑みでもあった。

それが、私にとっての、父の最後の姿であった。

翌月の三月九日夜半から、十日未明にかけて、東京下町地区一帯は大空襲に遭（あ）った。私はそのニュースを翌日の新聞で知った。紙面を手にした瞬間、見出しが目に飛び込んできた。

『B29百三十機、深夜、帝都来襲』

わずか一段の小さな記事。そこには、東京下町地区の大半が焼失してしまったことだけが報じられていた。死傷者の数は一行も記されていなかった。

これは後日調べて判明したことだが、じつはその夜、B29爆撃機が約三百機来襲し、焼夷弾がやみくもに投下され、下町地区は火の海地獄となったのだ。そのうえ、逃げ惑う人々の頭上に大型爆弾が投下され、十万余人にも及ぶ尊い命が奪われてしまったのである。

その日以降、浅草の父や、祖母からの音信は途絶えてしまった。

それでも、私は「父や祖母は、どこかに生きている。日本は戦争に勝つ。東京から必ず迎えに来てくれる」と、信じていたのだった。

だが、そのかすかな望みは、すべて崩れ去っていく。

同年八月十五日。太平洋戦争は日本の無条件降伏によってすべてが終わった。敗戦を告げる玉音放送が流れてきたが、五年生の私は、その意味をとらえることができ

上空から焼夷弾を落とすB29（昭和20年）

ないでいた。ただ「シノビガタキヲシノビ……」という言葉が心の奥に深く突き刺さってきたことだけは、いまでもはっきりと覚えている。

戦後七十余年の歳月が流れた。

私は、猪苗代駅のホームで別れた日の、父のさりげない言動の底に流れていた〈思い〉だけは、しっかりと守りつづけてきたつもりでいる。

「赤い雪は降らせない」＝平和を守ること。

「別れの日の笑顔」＝人にはやさしく

接すること。

今日まで、その言動を守り、実践することによって、多くの人々が寄り添ってくれるようになったことは確かな事実である。

第二章
苦闘の青春時代
——戦後の混乱のなかで

高校生のころ

芳賀郡の素朴な仲間たち

昭和二十年（一九四五年）八月十五日、第二次世界大戦が終結。平和な社会が訪れた。しかし一方、そこにはまるで、それまで堰(せ)き止められていた水が一気にダムから放水され、よじれ合い、もがき合いながら大洋へと向かって流れ出していくような、醜(みにく)い人間模様が映り始めたのである。

東京をはじめとした闇市(やみいち)に人々は群(むら)がる。戦争で疲弊(ひへい)してしまった日本には、物資不足や食料不足が蔓延(まんえん)していた。人々は餓死を免(まぬか)れるために、生きていくために、相手を押しのけ、「食うために……」「儲(もう)けるために……」と、欲望丸出しで弱者を払いのけ、己(おのれ)の道を手探りで模索(もさく)していったのである。

戦後まもない混沌(こんとん)とした社会のなかで、生きる力の弱い老人や子どもは、つねに道端の雑草のように、岩場に叩(たた)きつけられながら歩んでいかなければならなかった。

私と妹は、栃木県芳賀郡(はがぐん)南高根沢村（現在の芳賀町）上稲毛田(かみいなげた)の知人宅に身を寄せていた母方の祖父と義祖母（祖父の後妻）に引き取られることになった。祖父も、三月十日の東京大空襲で焼け出され疎開していたのだが、家屋の焼失、食料難という事情もあって、東京へ戻れずにいたのだった。

栃木県の東側に位置する南高根沢村上稲毛田集落へ行くには、東北本線宇都宮駅で下車。そこから東へ、まだ舗装されていなかった砂利道をバスに揺られて約一時間の祖母井町（現在の芳賀町）まで行き、さらに北に一里（約四キロ）ほど歩いた地点にあった。

上稲毛田には祖母の親戚が住んでいた。その親戚の紹介で、私たち家族は、農業を営む関本久一さん宅の一部屋を間借りすることになったのだ。

上稲毛田は、四囲を小高い山に囲まれ、バスもとおらない、じつにのどかな集落であった。集落の宿場には数軒の商店（雑貨店、理髪店など）はあったものの、大半は自給自足の生活に近かった。上稲毛田小字の原地区には、電気、水道の設備がなく、ランプと、つるべ井戸から水を汲み上げるという生活であった。私にとっては、その一つひとつの生活様式が初体験であり、異質な世界のようにさえ感じられた。

六年生の二学期からは、南高根沢村立南高根沢小学校上稲毛田分教場へ転入した。

小高い丘陵を背にした上稲毛田分教場は複式学級で三教室しかなかった。先生も三人しかいなかった。それでも、終戦直後の全児童数は、疎開児童を含めて百五十人を超えていた。五、六年生の教室だけでも六十人近く在籍していたように思う。

校庭側の窓際には六年生男子十三人（内疎開児童四人）がまとまって座り、六年生女子、五年生男子とつづき、廊下側に五年生女子が縦二列に座っていた。

先生が一人でも休むか出張すると、隣の学級の先生が二教室同時に指導してくれるのだった。いや、指導というより自習の面倒を見てくれるといったほうが適している。五、六年生の担任は分校主任の釜野井欣次先生だったが、水曜日の午後は、本校（南高根沢高等国民学校）での職員会議に出席するために毎週出張。そのため、ほとんど自学自習になることが多かった。

十一月になって、外地の軍隊から復員してきたという中田文正先生が新しく担任となり、分教場の先生は四人になった。

「戦争が終わったのに、疎開することもあるんだ」

同級生は当初、めずらしい者にでも接するような顔で、私に近寄ってきた。

転入早々、私は栃木県の方言に戸惑っていた。

「俺、前の学校では、スキーで学校へ通っていたんだぞ」

「ごじゃっぺだんべぇ〈嘘だろう〉」

と、返ってくる。その意味がわからない。さらに
——ちんたらすんなぁ〈遅い〉。

——ぼっこれんべぇ〈壊れてしまうだろう〉。

仲間が話している言葉の意味が通じないので、ただ笑っていると、

——でれすけ〈馬鹿〉じゃないのか。

ますますわからなくなってしまう。

そんなことから、たびたび同級生に冷やかされることもあった。

それでも上稲毛田の男子同級生は（当時はまだ女子と話すこともできないという戦時中の

風習が残っていた)、私に「遊び方」や「遊び道具を作る知恵」を授けてくれた。

「俺たちの遊び道具はなぁ、みんな自分たちで作るんだ!」

コナラ、ブナ、クリ、クヌギなどが林立する雑木林の枝を切ってきて、それを削り、大きな駒を作ったり、木の枝の股の部分を生かし、太いゴムをしばりつけてパチンコを作る。また、竹を削って、凧、飛行機、鳥かご、鉛筆立て、釣り竿、鳥のワナ……。遊び道具を自分で作り、それを使って鳥や魚などを捕まえたりして遊んだものである。器用な生徒は、魚を捕らえるワナまで作ったものである。

自然林そのままの感じを残す雑木林に分け入り、落ち葉を踏みしめると、そこはもう子どもの遊び道具の原材料の宝庫でもあった。木や竹を切っても、叱られることのないおおらかな時代でもあった。

戦後まもないころは、野鳥の捕獲規制もあまり厳しくなかったので、メジロやホオジロなどを捕まえては、手作りの鳥かごに入れて自宅で飼っていたものである。

そんなのどかな農村でも、食料不足は深刻であった。

水路の整備が進んでいなかった上稲毛田は稲田が少ないため、近所の農家でも陸稲（おかぼ）や大麦、煙草の葉などを栽培していた。農山村ではあったが、児童たちが持参する弁当には、米と麦とサツマイモが交じり合っていた。

翌昭和二十一年（一九四六年）春、私は上稲毛田分教場を卒業し、四キロほど離れた南高根沢高等小学校（現在の中学校）へ通うことになった。

十三人いた仲間のうち、疎開していた四人が東京へ帰ったり、宇都宮の旧制中学校を受験するために上稲毛田を離れていった。

高等小学校への登校は、男子二年生がひとつの集団となり、その後ろを九人の男子一年生がついていくという風習が残っていた。物資不足の折、生徒は風呂敷（ふろしき）に教科書を包んで背負（せお）い、砂利道を裸足（はだし）で歩いて登校するのである。

その年から「英語」が教科に加わった。英語の教科書といっても、新聞紙大に印刷された紙三枚を八ツ折りにし、その端を糊（のり）で留めて、自分たちで作るものであった。

それでも先生の、「ジス・イズ・ア・ペン」という響きは、なぜか新鮮なものに感じたものだ。「ジー・エンド」を「ザー・エンド」と習った記憶がある。突然の英語の導入に、先生も戸惑っていたに違いない。

食料難の影響か、教科に「農業」という科目があるのには驚いた。だが、戦時中の国民学校のように、仲間と競って縄ないや稲刈り、草刈り作業をすることはなかった。

高等小学校の生徒たちは、家庭の貴重な労働力でもあった。

夕方、帰宅すると、麦踏みの手伝い、薪取り、草刈り、苗床作りの落ち葉集めなど、カマを手にし、大かごを背負って畑や雑木林に入って汗を流していた。

「東京に戻っても食料難だし、しばらくは働かなくても生活できるから、焦らずにここで生活していこう」

祖父は、生活していくための預金は十分あるから、心配ないと、落ち着いていた。

ところが、社会は急変し始めた。敗戦直後の物資不足、そこから沸き起こった物価高騰のインフレ……。日本銀行は新円切り替えに踏み切った。手元にある旧紙幣を預金させ、引き出し額を制限した。物価は日ごとに上昇し、それまで預金していた紙幣は紙くずのように価値がなくなってしまった。

私たち家族は、生活の糧(かて)を得るために、栃木県の中心都市・宇都宮へ転居することになった。

当面は、疎開しておいた着物を売って食料を得るという「竹の子生活」が始まった。

私は、南高根沢高等小学校の一年を修了すると、宇都宮の陽北(ようほく)中学校へ転入した。その年から、高等小学校は新制中学校に変わり、義務教育は九年間となったのである。

わずか二年ほどではあったが、南高根沢村での生活と、仲間たちから学んだこと、なかでも「自分たちの遊び道具は、自然の物を活用し、自らの力で創造する」という行為は、それからの生活に大きな力と自信を植えつけてくれた。

当時の仲間たちは、いつまでも私を忘れずにいてくれる。

丁稚奉公は生きていた

男体山(なんたいさん)から吹き下ろされる初秋の北風は冷たかった。九月には、奥日光に初霜が降りたという。

戦後二年間、細々と貯金で暮らしてきたものの、貨幣価値の下落によって、無職の祖父はインフレの波を乗り越えることができず、ついに破産宣告寸前にまで追い込まれてしまった。私は躊躇(ちゅうちょ)することなく、きっぱりと「働きに出る」と祖父に告げた。

当時、新制中学校は制度が改革されたばかりであり、義務教育は新中学一年生から適用されていた。つまり、私のような二年生の中途中退は、義務教育からはずされたのである。そこで、すばやく決断し、中学二年の夏休みが終了すると同時に、陽北中学校に退学届を提出したのだ。

私が初めて就職した先は宇都宮市の石井街道沿いにある小さなノコギリ店であった。「就職」とか「腕に職をつける」というとカッコイイが、早い話が「口減らし」のための「丁稚奉公」であった。

終戦直後の時代、社会にはまだ封建的な古い徒弟制度が残っていた。家から通うことは許されたが、労働時間は厳しかった。勤務条件は、労働時間が朝五時から夜九時まで。休日は十五日の月一回。三食付きで給料ゼロ。休日前に小遣い二十円。主人を「親方」と呼ぶこと、私は「トモ」と呼ばれる。食事の時間を除いても一日の勤務時間は十五時間。一カ月で約四百五十時間勤労ということになる。

四時半に起き、白いベールをかぶったような朝もやがまだ明けやらない街をノコギリ店へと向かう。十三歳の少年が背中を丸め、ポケットに手を突っ込んでトボトボと約二キロ、三十分ほどの道を出勤していくのである。

店に着くと早速、ふいごの前で火を熾し、二十センチほどの鋼鉄に焼きを入れる。そのあと重いツチを握って叩き、ノコギリ状に薄く平らに延ばすという作業から一日が始まる。東京の下町に生まれ育った青白い顔をした少年が「エイ、ヤーッ」と、朝の空気を突き破るような黄色い声を張り上げながら、親方と調子を合わせて焼き上がった鋼鉄を叩いていくのである。

朝食が済むと、店先に座り、客から依頼されたノコギリの目立て（目を削ること）をおこなう。ノコギリを大きな三十センチ四方の板で押さえ、両足を折り曲げ、股を開いて足先で板を支える。慣れるまで股が張り裂けるように痛む。それから、十センチほどの金ヤスリを両手で握り、ノコギリの目を一本おきに交互に目立てしていくのだ。

夕方になると風呂焚き、掃除などの家事手伝いが待っている。ノコギリ店の親方の子どもたちからも「トモ、トモ」と呼ばれ、休みなく用事を言いつけられる。小柄な私は、体がもたなかった。がまんにも限界がある。親方に「もう、辞めたい」と相談すると、「俺たちの丁稚奉公時代は、もっと厳しかった。小遣いさえもらえなかった。辛抱してこそ、自分で店が出せるのだ」と諭される。

しかし、私は「店なんか出せなくてもよい。自分にはノコギリ作りは適していない」と思った。そしてついに、その年の暮れに退職を決意した。

即刻決断の第一歩である。

「自分に適さない仕事にこだわることはない」

こうして、ノコギリ店は四カ月で辞めてしまった。

「祖父母に苦労させてはいけない。そのためには、一刻も早く次の職場を探さなくては……」

焦っていた私は、知人から「働き口」（勤務先）の声をかけられると、すぐに飛びついてしまった。

昭和二十三年（一九四八年）一月からは、宇都宮市の南六キロほどの場所にある上三川(かみのかわ)町の街はずれの、東京から疎開してきて下駄作りに励んでいた高橋家で働くことになった。ここでもまた「下駄作りの腕を身につけてやる」と、住み込みの「丁稚奉公人」として働くことになったのだ。

ノコギリ店とは違って、朝は庭掃除作業だけで済んだ。ここでは主人を「だんなさん」と呼び、奥さんと子どもは、私を「トモちゃん」と呼んでくれた。

朝食後は、一年生の子どもを二キロほど離れた小学校まで付き添って送っていく。だが、帰宅してからが重労働だ。下駄を作るための原材料である桐の丸太を、大きな半円形のノコギリで三十センチほどに切っていき、それをさらに縦に切るという作業がつづいた。休日など一日もなかった。ときたま一年生の「お坊ちゃん」（そう呼ばされていた）と遊ぶ時間が休憩時間であった。

だんなさんは家の横の作業場に閉じこもって、黙々と下駄作りに励んでいた。やがて、五十足ほどでき上がると、大きな布製のリュックサックに半分を詰め、残りを風呂敷に包んで両手に下げ、東京へ下駄を卸しに行っていた。

仕事がつらいところにきて、性に合わないのか、次第に嫌気がさしてきた。が、それ以上に、「自分は将来、下駄屋になるのか」――そんな姿を想像しただけで、がまんできなくなってきた。

桜が咲き始めた四月。「もう、ここにはいられない」と、日が暮れるのを待って高橋家を飛び出した。家出だ！

だんなさんが追ってこないか、何度も後ろを振り返りながら、田畑に身を伏せた。

それからまた走った。追ってくるのは冷たい北風だけであった。

東北本線の石橋駅に着いた。わずかばかり手にしていた小遣いで宇都宮駅（二駅）までの切符を求め、ホームの片隅にかがみこんでいた。

その夜遅く、自宅にたどり着いた。祖父母は目に涙をため、私を責めることはなかった。

「高橋さん（下駄屋のだんなさん）が夜、自転車で探しにきて、さっき帰って行ったよ」

と、ただポツリと言っただけだった。

私は、苦しみのはけ口を唯一の友である『トモヨシの日記』に書き綴っていった。

あれから七十余年の歳月が流れた。

いま振り返ると、よくもあんな大胆な行動がとれたものだと思っている。だが、そうしたことを無意識のうちに行動に移せるのが、十三歳の少年の心理なのかもしれない、とも思った。

のちに教員となってから、学校現場で「生徒の家出行動」に接するたびに、生徒の思いが理解でき、私の体験を例に挙げて、やさしく説得できるようになった。そして、今日まで、職場こそ幾度か変わったが、私は一日も休むことなく働きつづけている。

その間、苦難の壁に突きあたることもたびたびあった。だが、そんなとき、ノコギリ店、下駄屋での丁稚奉公時代を思い出しては乗り越えることができたのである。

同時に、「即決断することが新しい人生の道を拓いてくれること」も、体験をとおして自信をもって児童・生徒や学生に語ることができるようになったのだった。

横松電機店

「小さな会社だがね。どうだい、うちで働いてみる気はあるかい?」

戦災に遭い、東京から来た少年が職を探している、という噂を近所の人から耳にしたと言って、横松仁平さん（当時二十七歳）が、わが家を訪ねてくれた。

昭和二十三年（一九四八年）五月。十四歳になった私は、宇都宮の国鉄（現在のＪＲ）駅前通りに面した横松電機店に勤務することになった。看板だけは「日東興業有限会社」と大きく出していたが、従業員は山崎さんという技術者がひとり働いているだけだった。

勤務条件は、毎週日曜日が休日。月給は八百円。勤務時間は八時から五時までと、あたりまえのような条件に思われるが、それまでのノコギリ店、下駄屋の丁稚奉公に比べたら雲泥の差である。横松さんは、少年の私を気遣いながら声をかけてくれた。

「まあ、焦らず、ゆっくりと働けばよい。疲れたときはおつかいに行って、自転車で町をぶらりと巡ってくればいいから……」

横松さんは、月初めになると東京まで三時間ほど列車に揺られ、戦災で焼けて不用になった古モーターを古物商から買い求めるための交渉に出かけて行った。

その数日後には、運び屋（当時は便利屋と呼んでいた）によって、戦災で焼けたモーターが届けられる。

私の作業といえば、主にモーターの外壁の錆を落とし、モーターの馬力数に応じた木型に銅線を巻き付けるという工程に取り組むことだった。それを技術者の山崎さんが木型から外し、モーターのN極、S極へ挟み込んで配線し、ハンダで接着する。最後に、横松さんが部品を取り付けるとモーターは生き返ったように回り出す。そのあと、モーターのカバーにペンキを塗り、会社のプレートを取り付けると、立派なモーターが完成するのだ。

ブル、ブル、ブルッ〜。

「やったぞっ、生き返ったぞう！」

一基完成するたびに三人は歓声をあげる。こうして再生された焼けモーターでも、物資不足の終戦直後には、田圃への水揚げ用や脱穀用として、近在の農家へ飛ぶように売れたのだった。

横松さんは、私が作業中に退屈しないようにと、戦前戦中のさまざまな話を聞かせてくれた。

「ぼくは、いまはねえ、こうして機械屋になっているけれど、昔は貿易会社に勤めていたんだよ。満州(いまの中国東北部)でね。ところが、日中戦争が始まっただろう。それで兵隊にとられてしまい……。でも、軍隊で電機の仕事に携わることになってねえ。そこで技術を身につけたんだ」

横松さんが戦地の話を聞かせてくれるときは、どこかもの悲しげでもあった。戦後、シベリアに抑留されそうになったが、真夜中にこっそり逃げ出してきたという。

「怖かったぜやぁ。でも、逃げるが勝ちだからなあ」

声を詰まらせながら、戦地から命からがら逃げてきた話を聞かせてくれた。

九月になり、新学期が始まると、かつて通っていた陽北中学校のいじわる連中たちが電機店の前に立ち止まるようになった。

すでに新制中学校制度になっていたので、同級生は中学三年生になっていた。

「あれ、うるちゃん、ノコギリ屋にいなくなったと思ったら、今度は電線を巻いてっぜやぁ。おもしろいから見ていくべぇよう」

店のガラス戸越しに、学校帰りの同級生の姿が揺れ動いている。あざけるような息遣いまでが伝わってくる。「オースッ」と言って顔を上げることもできない。私は、ただ、黙々とコイルを巻いているだけであった。

〝何でこんなふうに見られなければならないのか。親がいない、お金がなくなったというだけで、こんなにバカにされるのか！〟

〝両親を失った自分の心はすさんでしまったのだろうか？〟

〝みなしご根性でゆがんでしまったのだろうか〟

横松さんは、そんな私の心を察してくれたのか、耳元でそっとつぶやいてくれた。

「漆原くん、つらかんべえなあ。あいつらを追っ払うのはわけないよ。だけど、力で追い返せば人数を増やしてまたやってくるべ。それよりも、裏へ行って、うちの和夫と遊んでいたらよかんべえ。逃げるが勝ちだから……」

作業場の裏戸を開けると、狭いタタキの道を隔(へだ)てて六畳一間(ひとま)の横松さんの自宅になっていた。

「さあ、お兄ちゃんと遊ぼうね」

私が部屋に入っていくと、横松さんの長男で生後七カ月の和夫ちゃんが大きな目を輝かせ、勢いよく這(は)いずりながら近づいてきて、機械油の染(し)み込んだ作業服に飛びつく。

そのうちに、いじわる連中も「俺たちが行くと漆原は隠れてしまう」と気づいたのか、電機店の前に姿を現すことはなくなった。

「つらかんべえなあ」

「逃げるが勝ちさ……」

横松さんの相手を思いやる心は、それまでよじれた糸のように固まっていた私の心を、少しずつほぐしてくれたのである。

和夫ちゃんも一歳になり、作業場へひとりで入ってくるようになると、スパナやドライバーなどを興味深げに触(さわ)ったり、百ボルトの電気が流れている銅板(どうばん)に見入ったりするようになった。それでも、横松さんは、わが子を叱りもせず、じっと見守っているだけであった。

私は和夫ちゃんをあやしながら、ときには、母に読んでもらって記憶の奥底に残っていた「桃太郎」「金太郎」「猿飛佐助(さるとびさすけ)」「山中鹿之助(しかのすけ)」など、たくさんの昔話を聞かせてあげたのである。

「漆原くんは、たくさんの話を知っているんだなあ。感心するよ」

横松さんは、そのたびに私をほめてくれた。

「漆原くんは、これからも、勉強を積んだほうがよかんべえ。いまは夜学に通うことも、できるようになったんだから……」

夢の高校生活へ

昭和二十四年(一九四九年)、宇都宮にも、昼間働き、夜間学びたい人のために定時制高等学校が誕生した。

ところが、私は新制中学校を卒業していないため、高等学校の受験資格がなかった。祖父は戦後の生活の苦労がたたり、心臓病を患っていたため、私が大黒柱として一家の生活を背負い、家族を支えていかなければならず、高校受験どころではなかった。

それでも、「とにかく、学問を身につけたい」。――そのひたむきな思いだけで、一度は押し入れに投げ込んだ中学校の教科書を再び開き、うねりを上げて回り出したモーターのように猛勉強を始め、昭和二十五年（一九五〇年）には「中学校卒業資格」を取得することができた。

昭和二十六年（一九五一年）になると、泥沼のなかで必死にもがいていた日本も、戦後の混乱期から脱却し、朝鮮戦争の影響によって景気が回復し始めてきた。しかし、皮肉なことに、内需が上昇してくると、「焼けたモーターの再生販売」という商売は行き詰まり、横松さんは会社をたたむことになってしまった。

昭和二十七年（一九五二年）、十八歳になった私は、三年遅れで宇都宮商業高等学校定時制に入学した。当初、私は普通科を志望したのだが、宇都宮市には商業高校と工業高校の二校にしか定時制は設置されていなかった。商業高校を選択したのは、自宅から近いという単純な動機だった。

当時、新制中学校を卒業した生徒の八割は、家庭の事情などで進学せず、就職の道を選んだ。それだけに、県庁、郵便局、大手銀行、大手百貨店などでも、中卒者を給仕、行員、店員として採用していた。そのようにして就職したなかの熱意ある人間が、定時制高校（四年間）を選んで入学してきたのだ。

すでに中学時代の同級生の大半は、新制高等学校を卒業し、大学生活や新しい職場の話に花を咲かせていたが、私は、「亀のように遅くともいい。一歩一歩確かめながら歩んでいこう」と、十八歳のとき、あこがれていた高等学校の門に足を踏み入れたのだ。すると、そこに源さんも入学してきたのである。

源さん＝本名・斎藤源吉。

私が初めて源さんと出会ったのは、宇都宮の陽北中学校の二年生に転校したときであった。二年生男子は三クラス百五十人(当時はまだ男女共学ではなかった)ほどいたが、そのなかで彼はひときわ大きな身体をしていた。身長一八〇センチほど。浅黒い顔、凛々しい眉、彫りの深い目。どこか日本人離れした容姿に圧倒され、私は近づくことさえできなかった。生徒たちは表面では「元気なゲンちゃん」と呼び、陰では「きかん坊のゲン」「ケンカのゲンキチ」などと囁いていた。

彼は、勉強はあまり好きなほうではなかった。だが、陽北中学校野球部の左翼手レギュラーで四番の強打者であった。

六月のある日。休み時間に木造校舎に背をもたれ、考えごとをしていると、源さんがやってきた。私は一瞬たじろいだ。すると、源さんも背を並べた。

「きみは、戦災で家族を亡くしたんだってなあ。俺も、父ちゃんを戦争で亡くしたんだ。それで、母ちゃんが行商をしながら生活しているんだ。でも、くよくよしたってしょうがない。明るく生きていこうぜ」

源さんは、どこで私の言動を見ていたのか、私のことをよく知っていたのだ。

その後、私は一家の生活を支えなければならず、商家奉公に出るために中学二年生の二学期で中学校を中退してしまった（前述）。

源さんは、中学三年を修了すると米穀販売店に就職したと、風の噂で耳にしていた。その源さんが目の前に現れたのだ。まさに、思いがけない再会だった。

「学問を身につければ、他人が寄ってくる」——ある書物から得た言葉だ。

本多輪業時代

私は高校に入学するとすぐに、学校に「就職の斡旋」を願い出た。すると、まもなく就職担当の浅井先生に声をかけられた。

「本多輪業という自転車やタイヤの販売店で事務員がほしいと言っている。社長は私の同級生で、理解のある人だ。どうだ、考えてみては？」

自転車店と聞いて、一瞬ためらったが、面接に訪れてみると、ブリヂストンタイヤの栃木県総代理店であることがわかった。

社長の本多光男さん（当時二十七歳）、専務で弟の本多喜久次さん（当時二十四歳）の兄弟が栃木県下にユーザーを抱え、手広く経営している自転車、タイヤ、バイクの卸店で、従業員が八人もいたのである。

「勤務したい人間はいくらでもいる。でも、働きながら勉強したいという人は少ない。それで、私の母校にお願いしたんだよ。それに、私の父も宇都宮の空襲でやられてしまってね……」

社長の言葉に引き込まれ、私は即座に就職を願い出た。勤務条件は、午前七時四十五分から午後四時四十五分まで。休

宇都宮の本多輪業

日は日曜日のみ。給料は四千円だった。

定時制高校は午後五時十五分に一校時が始まる。だが、この時間はまだ教室にいる生徒もまばらで、五十人中半数が着席しているかどうかだ。一日四校時で午後八時四十分下校。それからが、部活動である。

定時制高校にも軟式野球大会、バドミントン大会、バスケットボール大会、演劇大会、弁論大会など、各部の全国大会が催されていた。そこで、まずは地区大会に出場するために九時三十分まで練習をする。帰宅は夜十時に近い。それから夕食である。

二校時と三校時の間に、パン屋がやってきてコッペパンを販売するのだが、三百余人の生徒に対して、パンの数は、売れ残りを案じてか二百個ほどしか販売しない。そんなことから、パンにありつけないこともしばしばあった。腹の空いている生徒にとっては、パン一個が救いなのだが……。

そのことを察している先生だけは、さりげなくそっとチャイムが鳴る前に二校時目の授業を終わらせてくれた。

私にとっての定時制高校は、各教科の知識を身につけさせてもらった以上に、「人間の生き方」について、根本から考えさせられた四年間でもあった。最も多感な十八歳から二十一歳までの青春時代を謳歌し、何よりも「前向きに強く生きる力」を蓄えることができたことが、その後の人生を歩む原動力になったことは言うまでもない。

先生方にも恵まれた。東京から赴任してきた新卒の若い国語教諭・大島和雄先生は時折、教科書から脱線し、生徒を励ましてくれた。

『旅と経験は来るのを待つな　進んで求めよ——S・モーム』と、突然、板書しては、「直接体験は幅の狭いものだ。それでも、旅に出て幅広く経験を積み見識を深めることとは、人間の心を豊かにする」と、熱っぽく生徒に話してくれた。ほかにも、『実力をつけよ、実力をつければ人が相手にしてくれる——芥川龍之介』『その道の熟練者になれ——亀井勝一郎』などの言葉で一時間を費やすこともあった。それらの言葉が強く心に刻み込まれていった。

入学当初、一年生は二クラス百人ほどいたが、一人、二人と脱落していった。学歴だけがほしいという甘い考えで入学した者、小企業の店主の無理解によって通学困難になる者、身体を壊してしまう者……。それぞれ事情は異なるが、現実の壁を乗り越えるのが厳しかったようである。

「働きながら学ぶ」と、言葉で言うのは簡単だが、現実の生活の前には高い障壁が横たわっていた。「昼働き、夜学ぶ」という本人の強固な意志が必要なことは言うまでもないが、それを支えてくれる職場の理解と支援がなければ実現できないからだ。

私は、職場と支援者に恵まれ、さらに、よき先生と友人に温かく寄り添われた。

「漆原くんは、私が高校に頼んできてもらった社員なのだから、従業員仲間に気兼ねすることなく、時間になったら、いつでも学校へ行きなさい」

絶えずやさしく見守ってくれる本多光男社長の言葉に励まされ、四年間、通学することができたのである。社長の弟の本多喜久次専務のご子息、本多正一さんは、やはり家業を継ぐことをせず、作家・中井英夫氏の助手となり、今日では「写真家」「文筆家」

として活躍していることを付記しておこう。

高校生活は充実したものだった。源さんとは、偶然にも同じクラスになり、席を並べることになった。私たち二人は、学年の中でも年長のグループ。定時制高校時代のつき合いは、あの中学時代のときのような「とおり一遍(いっぺん)」の表面的なものではなかった。

私たちが定時制高校時代を過ごしたのは、昭和二十七年(一九五二年)から三十年(一九五五年)まで。戦後の混乱期からは脱皮(だっぴ)し始めていたが、政治的には混乱を深めていた。安保条約の発効、破壊活動防止法の公布、朝鮮戦争休戦協定の調印、防衛庁の設置など、国民を刺激する動きは、多くの学生たちの心までも揺さぶりかけていた。

「生きる意味って何だ?」

「戦災孤児には何で、補償(ほしょう)や謝罪(しゃざい)がないんだ?」

「日本は何で貧富の差が激しいんだ?」

「広島に原爆が落とされたというのに、広島に保守系議員が多いのはなぜだ?」

「定時制生徒はなぜ就職で差別されるんだ?」

二人は、若さがそうさせたのか、いつしか政治問題にまで首を突っ込むようになっていた。

二年生になると、源さんは、あれほど好きだった野球を断念し、私の所属する文芸部に入部してきた。二人は政治について語り合い、積極的に良書に触れて未来を語り合った。

「源さんは将来、何になりたいんだ?」

「俺は教師になりたい。子どもを俺の手で育てたいんだ。ところで、うるさんはどうなんだ?」

そのころ、私も『二十四の瞳』(壺井栄)を読んで、孤島の教師にあこがれていた。

「俺も夢は教師だ。でも、大学に通えるだけの経済的余裕もないし、悩んでいるんだ」

祖父は戦後の生活苦の過労と高齢でこの世を去っていたが、祖母と妹の面倒を見なければならない、と語った。

「うるさんの気持ちは、よくわかる。でも、ぶつからなければ門戸は開けない。俺が先に東京へ出る。見通しが立ったら知らせるから、そのつもりでいてくれ」

「わかった。夢は叶えるものだからなあ」

私は、源さんの力強い声に、つい頷いてしまった。親友との約束。もう、あとには引けない。

高校のクラスメートと
（2列目左端が私。その隣が源さん）

その後、源さんは法政大学第二文学部史学科を受験。合格すると、母親を連れて東京へ出て行った。

昭和三十一年（一九五六年）、宇都宮商業高等学校を二十二歳で卒業した私は本多輪業に正社員として勤務し、安定した生活を送っていたが、「教師になる」という夢だけはあきらめずに抱きつづけていた。

しばらくして、源さんから便りが届く。

「一文無しで上京しても、やる気さえあれば何とかなる！」

この便りに再び、私の心が動いた。

大学への道

私は、翌年の大学受験をめざして受験勉強に取り組んだ。昼の勤務で疲れてはいたが、「初志貫徹」「至誠・忍耐」の文字を壁に貼り、自らを発奮させた。毎日、夕食が済むと時間を惜しんで「大学入試問題集」や「国語便覧」などを開いた。

一方で合格後に備え、大学への入学金の準備も始めていた。

そのころ、祖母は知人の紹介で「宇都宮帝国興信所」の賄婦（現在の家政婦）と留守番の手伝いをしていたので、広い事務所の二階を間借りしていた。その一部屋を勉学のために専有することができたことも幸いであった。

妹も、新制中学校を卒業すると、近所の「松廼屋（まつのや）」という駅弁店のレストラン部で働いてくれるようになった。

昭和三十二年（一九五七年）二月、「サクラサク」の電報が届いた。源さんと同じ法政大学第二文学部の日本文学科に合格。第一関門が突破できた。

しかし、大学へは周囲の協力がなければ通学することができない。祖母と妹は、「思いきって東京へ帰ろう。みんなで働けば生活できるよ」と喜んでくれた。

こうして私たち家族は三輪自動車に家財道具を積み、十三年ぶりに帰京。池袋の近くに家を借りた。

私は退職する覚悟で、勤務先の本多社長に大学合格を報告した。このころ、東京と宇都宮間の蒸気機関車はすでに電車へと進歩していたが、まだ新幹線などは開通していなかった時代である。通学するには片道二時間はかかる。

当時、会社は神武・岩戸景気に沸いて、ブリヂストンタイヤ、ＢＳ原動機付き自転車が栃木県下で飛ぶように売れていた。東京の夜間大学への通学など許されるわけがないと思っていた。

ところが、本多光男社長は喜んでくれた。

「がんばって合格したんだ。若いうちにたくさん勉強しなさい。東京の生活が落ちついたら、うちで働けばいい。いつでも待っているから」

社長の父も戦時中、消防士として宇都宮の大空襲の折に出動、消火中に殉職したそうだ。そのため、社長も大学を中退し、家業の自転車店を継いだのだという。

「だから、戦災孤児の気持ちがわかるんだよ」と、激励してくれた。

本多輪業には、私のほかにも東京で戦災孤児になった従業員が二人いた。

私は、このような周囲の理解と励ましに支えられて、大学の門をくぐることができたのだった。

給料と定期代（東京＝宇都宮間）は会社が支給してくれたうえに、三度の食事まで面倒を見てくれることになったのである。

大学の二部（夜間）は、一校時が午後五時三十分から始まる。一日三校時授業で終了は九時四十分。週十八コマのうち、必修を含めて最低十二コマは埋めなければならない。そこで、できるかぎり一校時を空けるように時間割を組んだ。ただし、体育の単位だけは年四回、日曜日に法政大学の体育館に出向いて実技をおこなう。私は、バスケットボールを選択した。

毎日の生活は、大学の時間割を優先して、一日のスケジュールを組んだ。

朝五時三十分起床。池袋から赤羽へ出て、六時三十分発の宇都宮方面行きに乗車。本多輪業での勤務時間は八時三十分から午後三時三十分まで。三時四十分に宇都宮を発って上野へ。そこから山手線、中央線に乗り換えて市ケ谷駅で降り、法政大学へ向かう。夜は十時三十分に帰宅し、十一時就寝。

朝五時起床はつらかった。とくに冬などは厳しかった。しかし、私の見る夢が、すべての苦労を跳ね返してくれた。

「将来は教員になって子どもたちと生活を共にしたい。その実現のために愚痴をこぼしてはいけない」

つねに自分に言い聞かせていた。列車内の往復約四時間は、読書に傾注できる貴重な時間でもあった。この時間が休養の場でもあり、己の心を高めてくれた場でもあった。

大学の長い夏季・冬季休暇時期は宇都宮の会社に泊まり、県内各所（北は大田原、黒羽まで、南は足利、小山まで）の出張などにあてた。

当時は市街地を一歩離れると県道といえども砂利道で、バイクやタイヤを積んでの小型貨物の運転は困難を極めた。だが、県内であったので、遠い特約店を十数件巡っても、その日のうちに帰社することができた。

焦らず天命を待つ

大学四年生の夏季休暇に入り、教員採用試験が迫ってきた。私は辺地の教員を志望していたので、試験日が重ならないかぎり、多くの都道府県を受験することにした。

北海道、青森県、疎開先の福島県、戦後の疎開地・栃木県、それに出生地の東京都。

「合格すればどこでもよい、離れ小島でも、北国の寒村でも、飛んで行こう」

だが、教員採用試験は予想した以上に厳しいものであった。とくに、中学・高等学校の国語科は三十～五十倍の競争率であった。さらに、合格して名簿に登録されても、学校長からの採用指名がないと教員にはなれないのである。

『平家物語』をテーマにした卒業論文を提出した私は、大学卒業と教員採用とを静かに待っていた。すると、一番先に採用通知が届いたのは栃木県高根沢町の中央小学校からだった。

ついに夢が叶った！　さらに、その一カ月後には八丈小島の「鳥打(とりうち)中学校」からの採用通知が届いたのである（第三章で詳述）。

大学生のころ

教員採用通知を手にしたとき、真っ先に浮かんだのが、中学時代からの親友・源さんである。

私が教員になれたのは、家族や職場の人たちの温かい支えがあったことは確かだ。

しかし、そこにもうひとり、何ごとでも相談できる友の存在があった。

源さんは、大学卒業後、東京の絶海の孤島・青ヶ島で教員となり、私は八丈小島の教員となった。

「もし、うるさんと出会わなかったならば、俺は平凡な人生を送っていたかもしれない」

「いや、力強い源さんがリードしてくれなかったら、俺こそサラリーマンとして一生を終えたかもしれない」

二人は会うたびに、そこから話が始まる。

私は源さんと「中学→高校→大学→孤島」と歩みを共にすることができた。その秘訣は、「欠点をお互いに指摘し合い謙虚に反省すること」「己の生活を飾ることなくぶつけ合うこと」「目標に向かって突進すること」の三つの約束を、お互いに守ったからだと信じている。

もし、私が、源さんに出会っていなかったならば、教員にもなれなかったし、いま、こうして児童文学の著述家(ちょじゅつか)としてペンを握っていることもなかったであろうと思っている。私にとっての源さんは、友人でもあり、恩人でもあるのだ。

よき友が、孤島への門戸を開いてくれた、と感謝している。

〝すばらしき友情は青春時代に得られる〟——青春時代は、お互いの利益や損得を考えずに、純粋な瞳で相手を見つめられるからだと思う。つまり、お互いが自分の内面にないものを相手から得て、それを必死に磨きあげようと努力した結果、得ることができるのだろう。

その後、私は孤島の教員を経て、やがて「モノを書く」ということだけに集中するようになった(第四章で詳述)。

そこで、もう一人、特筆しておくべき人物がいる。かつて、お世話になった横松電機店で子守りをした「和夫ちゃん」である。

幼かった和夫ちゃんも、大学時代から小説家としてペンを握るようになった。

「横松だと寝ているようだから立てたい。やさしかった父の姿をいつまでも見習いたいから、父の名前の一文字（平）をもらう」

こう言って、「立松和平」というペンネームをつけ、一九七八年（昭和五十三年）には『途方にくれて』でデビュー。『遠雷』をはじめとする数多くの著書を残したのである。

やがて、和夫ちゃんと私は、二人で『日本の自然と教育』の演題で、全国各地でトークショーをおこなうようになる。

私の心のなかには、いまでも「つらかんべぇなあ」という横松仁平さんの言葉と、「モーターのうなり音」が轟いていて、それがいまも、生きるうえでの原動力となっている。

第三章 八丈小島での哀歓

——青年教師として

八丈小島の小学校で運動会

孤島第一歩

「あなたの半生のなかで、最も印象に残っている、うれしい場面をひとつ挙げてください」

もし、そのように問われたら、「教員として絶海の孤島・八丈小島に渡った日」と即答する。

昭和三十六年（一九六一年）四月十八日。

八丈島の岸壁を離れた五トンの漁船は、大洋に出ると激しくピッチングを始めた。それは、まるで障害物を飛び越える奔馬のように波に乗り上げていく。

私は船艙の蓋の上にどっしりと腰を下ろし、機関室の手すりをつかんで安定をとっていた。船頭は絶えず風向きと、潮の流れを読み取りながら舵を握っていた。焼玉エンジンの音が力いっぱい海面を叩きつけていた。

「一時間のじんぼうじゃ。がまんしやれよい」

岩壁から島へ上陸する

大波が離れ去るとき、船は板がきしむような不気味な音をたてた。船頭は「今日の海は、凪どうじゃ〈凪だ〉」というが、二メートルほどの高波が次々と押し寄せてくる。

私は、はるか彼方の、まるで茶碗を伏せたような形をして黒潮の激流に肌を洗われている八丈小島（以下、小島）に目を注いでいた。

昭和三十年代後半、日本は戦後の混乱から立ち直り、高度経済成長の波に乗り始めていた。「やれ、神武景気だ、やれ、イザナギ景気だ……」と、沸き返っていたのだ。

国内は、経済優先、ものづくり優先、資源開発にと血眼になり、「都市集中論理」のもと、地方の若者を一人、二人……と、強力な磁石で都会へと引き寄せていたのである。「東京オリンピック」開催も決まり、国内の景気は年ごとに右肩上がりの成長を遂げていた。

私はまるで、その磁石に逆らうかのように辺地へと向かっていたのだ。

小島の断崖が迫ってくると、風向きの関係で波は静まる。船は島の断崖に沿って舵を進める。まだ人家は見えない。いったい島民はどこに住んでいるのだろうか。目に映るのは、岩と草木と樹木だけである。岩壁に打ち砕かれた波が銀色の帯を延ばしたようにきらめく。小島の断崖の端を左に折れると、遠く岩壁(岸壁ではない)に人影が見えた。

「あれが、港だじゃ〈港だよ〉」

あごひげをなびかせた、屈強な船頭が指をさす。

彼方で、子どもたちが岩に貼りつくようにして手を振っている。

船が港に近づくと、船頭が投げた綱を子どもたちがしっかりとつかんでくれた。港とはいっても、岩壁にセメントを流し込んだ島の突端にすぎない。

教室で子どもたちを前に

「波が来て、船が岩場に近づいた瞬間に飛び降りやれ」
私は、船が岩場に近づくタイミングを見計らい、屈強な島民が差し出した手をつかんで岩場に飛び降りた。

青山倫子（ともこ）校長（当時五十七歳）が二十五人の児童生徒を浜小屋の前に集めた。

「さあ、ごあいさつしましょう」

校長先生の声に、素朴（そぼく）な子どもたちの澄んだ瞳が一斉に私に向けられた。

「う・る・し・ば・ら・せ・ん・せ・い、よろしくお願いいたします」

先生が事前に指導しておいたのだろう。きちんと整列した子どもたちが声をそろえ、頭を下げたのである。

〝これから、孤島の子どもたちと哀歓(あいかん)を共にするのだ〟

私の胸は熱くなった。内面では、とめどなく涙があふれていた。

この日の光景は、胸に強く焼きついた。

前述のとおり、私はさまざまな事情で、五年遅れの二十七歳で大学を卒業した。いま、辺地志望という念願が叶(かな)い、東京都八丈小島にある八丈町立鳥打(とりうち)小・中学校の教員として子どもたちの前に立つことができたのである。

青山校長とは、このときが初対面であった。が、文面でのやりとりは半年前にさかのぼる。

『ついに来た! あこがれの東京。離島の両中学生たち』(「朝日新聞」昭和三十五年九月七日付)の記事が目に留まった。

「一度でもいいから東京の市街が見たい」という青ヶ島中学校（高津勉校長）と、八丈小島の鳥打中学校（青山校長）の生徒が、黒潮丸に乗って修学旅行にやってきた、という内容であった。生徒たちは、東京をはじめ、日光、箱根などを見学するのだという。

「孤島の純真な子どもたちと生活を共にしたい」と願っていた私の心は躍った。

しかし、「教員試験に合格しても、新採用の最終判断の裁量は校長にある」という話も聞いていた。そこで私は、生徒たちが修学旅行を終えた翌月にペンを執り、青山校長に手紙を書いた。自分の生活を偽ることも、飾ることもなくペンを走らせた。

東京の浅草に生まれたが、東京大空襲で戦災孤児になったこと、丁稚奉公、夜間高校、法政大学の二部で学んだことなどを正直に書き、結びに辺地教師を希望する決意をまとめあげた。さらに、厚かましい願いであることを詫びた。

便箋は三十枚にもなっていた。それを祈るような気持ちでポストに投函したのである。しかし、青山校長からは一向に返事が来なかった。

教員採用通知第一号は、前述のとおり、かつての疎開地・栃木県からだった。「中学校の国語は採用が厳しい。そこで高根沢町の小学校で採用したい」とのことで、私は、即座に承諾したのであった。

ところが、年度も押し迫った三月、青山校長から突然、「採用したい」との知らせが届いた。そこには「あなたの熱意は文面から十分うかがい知ることができました。何よりもうれしかったことは、自分の生活の歩みと思いを包み隠さず正直に書いてくれたことです……云々」という内容で書き出され、孤島生活の苦労、定期船が月に四回しか来ないこと、電気、水道がないこと、医者が在住しないことなどが綿々と記されていた。末尾には、「近日、夫が上京するから、会ってほしい。小島の生活を聞いてほしい……」と結ばれていた。

そこで、栃木県教育委員会へは、「孤島志望の思い」を記して、採用を丁重にお断りしたのである。

一通の手紙が青山校長の心を動かした。自分の歩みと思いを包み隠さず書いた手紙が採用の決め手となったのだ。私を孤島の教員の道へと救い上げてくださった青山校長は、人生で最も深い恩人である。

教員として赴任した日、水平線に沈む夕日が黒潮の海をオレンジ色に染めていた。銀色の黒潮の流れと溶け合って輝いていた。深呼吸すると潮風がコロコロと喉の奥に染み込んでいった。

青山校長は小柄だが、孤島での苦労から額に深いしわを刻み、凛とした目を輝かせ、子どもたちに囲まれて凹凸の激しい岩場に立ち、私を迎えてくださった姿は、いまでも忘れることができない。

その後の人生で、困難にぶつかったとき、悩み、苦しみ、挫折しそうになったとき、〈孤島に第一歩を印した日の光景〉を思い出すと、すべてが泡のように消えていくのであった。

定期船を頼りに生きる

東京都心から南へ二百九十キロ離れた太平洋上に八丈島がある。そこからさらに黒潮の海峡を隔てて、西に約六キロ（航路）の地点に八丈小島が浮かぶ。

八丈小島の周囲は約七キロ。面積は三・一平方キロ。島の両端に鳥打集落（西側）、宇津木集落（東側）の二つの集落があり、学校も鳥打小・中学校（児童生徒数二十五人）、宇津木小・中学校（児童生徒数十一人）と二校あった。

以前は、八丈小島鳥打村、宇津木村と呼ばれていたのだが、昭和二十五年（一九五〇年）の町村合併で八丈島に合併されたのだ。

私が赴任した昭和三十六年（一九六一年）の人口は鳥打集落が八十五人、宇津木集落が四十三人であった。

当時、八丈本島は将来、発展する島として、東京・竹芝桟橋から、黒潮丸という五百トンの船便が月六回（三と八の日）往復していた。しかし、八丈島から八丈小島へ渡るには、月四回の定期船を待つか、個人的に漁船をチャーターするしか方法はなかった。
小島通いの定期船といっても、八丈島に黒潮丸が入出港するたびに艀として使用しているわずか五トンの焼玉エンジンの木造小型船にすぎない。そうしたことから、強風で波が三メートル以上ある日は働くことができない。まして、黒潮の激流の海峡を乗り切ることなど無理なことだ。

真っ青な空と、したたるほどの緑の大平山（六一七メートル）との境界線が、パノラマのようにくっきりと立体的に浮かび上がって見える日は海も凪いでいる。

八丈島と八丈小島の海峡は、島民の生活さえも一変させてしまう。電気はランプに、水道は雨水貯水タンクに、主食のコメはカンモ（サツマイモ）に……、数え上げたらきりがない。商店は一軒もない。巡査も駐在しない。しかし、何といっても一番の不安は、医師がいないことであった。

八丈島からの定期船だけが唯一の航路であり、頼りでもあるのだ。

定期船は一カ月四回（不定期）来島する。小島の島民が事前に、八丈島の商店に無線電話で注文しておいた日用品や食料などを船艙に入れて運んでくるのである。

定期船来島の日。八丈島の港から「定期船が出港した」と学校に連絡が入ると、教員がスピーカーを通して全島民に伝える。すると、小島の屈強な壮年が、真っ先に定期船の綱を取るために港へ降りて、準備を始める。老人、女性も、岩壁にゴザなどを敷くために、あとを追っていく。

島民は、定期船がやって来るまで岩場に腰を下ろし、海を見つめて待っている。岩壁に寄せる波は精悍で、隆起しては砕け散る。

学校でも授業を中断。教員と児童・生徒全員が荷物運びの手伝いをするために、港の岩壁に下りて定期船を迎えに行く。各家庭への食料品、日用雑貨品、学校への公文書、教材、新聞、大型バッテリー、プロパンガスなどが届くので、それらを運ばなければならないからだ。

定期船がやって来た。太い綱が投げられる。綱をとがった岩に結びつける。船は上下に大きく揺れている。まず、最初に電話局員が船員に体を抱えられるようにして

岩の上で船が着くのを待つ子どもたち

船が着くと島民が総出で荷物を運ぶ

手を差し出す。船がせり上がった瞬間に、その手を島民がつかんで引き寄せる。つづいて、郵便配達員、町役場の定期船係の職員が飛び降りるのだ。

船から荷物が投げられる。港の岩場から、島民や教員、中学生、小学生……と、体力がある順に並び、荷物は浜小屋へとリレー式で運ばれていく。「これは重いよ」「これはこわれもの」と、互いに声をかけあう。

荷物の上には太い字で宛名が書かれている。それを確かめながら島の女性が仕分けしていく。石油、米袋、調味料、菓子、本、十日分ほどの新聞……など、またたく間に岩場は荷物の山となる。

「コメを頼んだのにコナが来たじゃ」

「長靴を頼んだのに地下足袋(じかたび)が届いたじゃ、は、は、は……」

商品の間違いがあっても島民は笑って済ませる。荷物が届いただけでもありがたいと、感謝の念が先に立っているからだ。

島民は、無線電話での注文による誤(あやま)り、商店の聞き誤り、箱への入れ間違い、港への運び間違いなど、どこかに間違いが起こっても仕方ないことだと観念している。

「店が悪いわけじゃない」

島民は決して商店を責めることをしない。こちらが、すべてを任せたので、それも自然のなりゆきだと思っている。

焦らずに生きよう。島民は、じつにおおらかな性分の持ち主ばかりであった。

リレー方式で手際よく荷物を運ぶ

孤島の二十四時

木造の教員住宅の雨戸の穴から光の筋が舞い込んできて目が覚め、一日が始まる。

「せんせ〜い！　今朝捕れた、よ〜〈魚〉持ってきただらあ〈持ってきたよ〉」

「せんせ〜い、ヤギの乳、いま搾ったばかりだじゃ」

子どもたちが、はにかんだ顔で置いていく。

こうして一日の幕が開く。

海抜五十メートルほどのところに立つ学校の門には、「東京都八丈島八丈町立鳥打小中学校」と書かれた表札が掛かっている。「東京都」の三文字が、何か異質のように感じられる。校庭の片隅に、明治時代に建てられたという教員住宅が二軒ある。昔は寺子屋だったという。校庭から海を見下ろすと、幅広い黒潮の流れが、銀色の魚の大群のように輝き、北東に向かって流れている。

校舎は平屋建てで職員室のほかに三教室。小学校低学年生（一〜三年）、小学校高学年生（四〜六年）、中学生に分けられている。つまり、複々式学級なのだ。

私は、中学校の国語科教諭の免許で教壇に立っているのだが、仮免許を取得して小学生にも教えることになった。専門の国語のほかに、社会、美術、技術、体育を担当す

小・中学校の校舎。左端が雨水貯水タンク

休み時間には生徒たちが校庭で大なわとび

ることになった。校長先生まで家庭科を担当しているのだ。

授業は教科書での知識を指導する。さらに、教科学習をとおして発見したこと、疑問に思ったことを生徒とともに考えていけばよいので、三学年いっしょの複々式学級とはいっても、楽しく指導展開することができた。

午前の授業が終わると、教員も、生徒も、昼食をとるために自宅に戻り、午後再び登校してくる。それぞれの家庭の事情で弁当持参は困難だからである。

午後の授業は、一時から始まる。授業終了の時刻は学年ごとに異なる。定期船来島や島の行事（テングサやイワノリ採りなどの解禁日）で授業がカットされた分は、午後の時間を延長して補っていくのだ。四時になると全員が下校。部活動はない。若者の少ない島においては、子どもたちは貴重な労働力でもあるからだ。

教員も放課後には、子どもたちの散髪や測候所から依頼されている天候、風向き、雨量などの観測、無線電話用のバッテリー充電の確認、無線電話の仲介役など、さまざまな作業が待っている。島民が「次の定期船で運んでもらう品物を八丈島の商店に注文したい」「クニ〈本州〉にいる息子に連絡したい」と申し出れば、校庭にある無線電話のスイッチを切り替えてあげる。

夜になると、宿直の教員が重油を注いで発電機を回し、職員室に百ボルトの電球をつける。発電機の音が島じゅうに響き渡ると、一人、二人と島民がやってきては話し込んでいく。悩みを打ち明けられることもある。島民が腹痛、頭痛、腰痛などを訴えてきたときには、それぞれの症状に合わせて薬を渡すこともある。

すべては、学校が集落の軸として動いているので、これは当然のことなのだ。教員もこうして働きながら島民に溶け込み、お互いの信頼を深めていくのである。島民との会話をとおして親睦を深め、自然を相手に生きていく力を学んでいく。

昔、小島には定期船など来なかった。自然と対峙しながら生活してきた。そこには先人の知恵があった。その知恵を語ってくれるのがうれしかった。潮の流れを読んで漁獲する方法、食用となる魚や野草の見分け方、泳ぎながら魚を釣る方法、雨水とカンモでの島酒の作り方などの知恵も授けてもらった。

赴任当初は小島の生活に戸惑ったものである。

学校に勤務しているのだから、島民からも「せんせい」と呼ばれるのだが、どこか気恥ずかしささえ感じる。私にとっては、島民こそが、生きる知恵を授けてくれる「せんせい」であったからだ。

島民は、公共工事などの失業対策事業で得た賃金と、季節ごとに採れたテングサやイワノリを売りあげた、わずかばかりの収入で最低限の生活を営んでいる。

しかし、島民は明るく、おおらかにふるまっていた。決して自分たちの生活に満足しているわけではないのだが、かといって、それ以上のものを要求するわけでもなかった。大自然に逆らうこともなく、黙々と歩みつづけていたのである。

島民は「先祖が残してくれた文化遺産＝生きていくための知恵」を大切に守り、しっかり引き継いでいる。こうした島民の姿から「本当のやさしさや強さとは、先祖の残した遺産を大切に守ることでもある」と、感じとることができた。

私は小島の教員として、素朴で純朴な島民と共に生活していくうえで大事なことは、決して驕慢な態度をとることなく、同じ目線で語り合っていかなければならないことだと学びとった。

夜は教材研究が一段落すると、『トモヨシの日記』だけは綴っていた。「日記だけは書きつづけなさい」――少年期、母が厳しく言った言葉を、母が他界した後もずっと守ってきたのだ。

戦後、商家奉公に出ても『トモヨシの日記』だけを唯一の友として書きつづけ、それが私の精神を支えてくれた。そして、それは八丈小島へ赴任してからも変わることはなかったのだ。

「書くことによって、自分たちの生活がハッキリしてくるんだよ」

子どもたちにも毎日、生活記録をつけさせ、それらを『文集・八丈小島』としてまとめて、東京都知事、教育長、八丈支庁、各関係機関、各地の学校などへ送った。

日本の片隅で真剣に生きている子どもたちの姿を理解してもらいたかったからで

イワノリを採る妻

カンモを採るおばあさん

台風で倒れた校庭の石壁を修復する島民

昭和30年代後半の
八丈小島の生活

井戸から水を汲む少女

海で魚を捕る少年たち

釣った魚を手に笑顔の少女

ある。私自身も日々の出来事を綴っていった。

水不足の日の出来事

八丈小島に赴任した翌年、私は東京から妻を迎えた。

結婚当初、妻は小島の生活にいささか戸惑ったようだが、月日が流れるにつれて次第にランプや雨水の生活にも慣れてきた。八丈小島では「雨水」が何よりの宝であった。

八月以降、雨が一滴も降らず、十月に入って小島の水不足がいっそう深刻になってきた。そこで緊急対策として雨水が一人一斗五升（約二十七リットル＝大きいバケツ一杯半）の配給制になった。

『雨が降らないので本日より当分の間、雨水の配給を一人一斗五升にいたします。
鳥打集落長』

このように書かれたお知らせを、集落の共同タンクの蛇口の上に貼り付けていった。

雨水貯水タンク

自家用の雨水貯水タンクが設置されていない家もあるので、共有タンクの水を倹約して使う以外に方法がない。

「水が、配給なんですって？」

妻が眉をしかめる。

「雨水の制限は初めてだ。そのうち天が助けてくれるだろう」

わが家の屋根の樋をとおして溜めてあるドラム缶の水も、半分ほどになってしまった。水は褐色に変わり、水面にはほこりが浮き、ボウフラがくねくねと上下運動を繰り返している。

「ボウフラが生きている水なら心配ない。

菌（きん）がない証拠だ。これだけあれば一週間は維持できるだろう」

妻は、ため息を漏（も）らしながらドラム缶をのぞき込む。

「よし、一杯汲（く）むか。丸太棒（まるたんぼう）をもってきてくれ」

「丸太棒？」

「そう。棒でこの端を叩くんだ。ボウフラが沈んだすきに……」

「その瞬間に、すくうっていうわけね」

私はドラム缶の端を叩く。

ガ～ン、ガ～ン。

波音さえ打ち消す音が鳴り響く。それを数回繰り返すうちに、バケツに水が溜まった。こうして、生きていくために必要な最低限の飲料水を確保していくのである。

一方で、「アメリカが南太平洋上のクリスマス島沖で核実験をおこなった」などと耳にすると、「雨水に、放射能の灰は混じっていないだろうか」という不安もつきまとっていた。

まもなく、私の家のドラム缶の底もはっきり見えてきた。そこで、配給水をもらうことになり、「水の使い方」を真剣に考え始めた。

「一人一斗五升ということは、わが家はバケツ三杯分しか使えないわけよね」

妻が、メモ帳に鉛筆を走らせる。

「早く台風が来てくれないかしら。そうすれば、雨水も溜まるでしょう」

「台風？　冗談じゃないよ。ま、来てみればわかるけどね」

妻の口調には、台風の恐ろしさよりも、慈雨を期待するような響きがこもっていた。

メモ用紙は何カ所も消されては書き直されていく。三十分ほどかけて、なんとか水の使用法を考え出した。飲料水は一回かぎりであるから別として、あとの二杯の水を三回以上使えるように工夫したのである。

Aバケツ⬇飲料水のみ。

Bバケツ⬇米とぎ↓食器洗い↓掃除用。

Cバケツ⬇行水↓洗濯のすすぎ↓庭掃除。

こうして、雨に恵まれるまでの、わが家の「水の使用法」が決まった。雨水の配給によって、〝一滴の水は宝石よりも価値がある〟ことを実感できたのである。

その夜、「ボウフラ入りの雨水」からすくった水で、インスタントコーヒーを入れて飲んだ。

医師代わりになって

「小島時代に一番苦労したことは何ですか?」

知人からたびたび問われることがある。何よりも、教員でありながら、人の体を預かる身である。「医者がいないことが一番の心配だった」と即答する。

海が荒れていると、八丈島から船をチャーターすることができない。つまり、病人を八丈島の診療所に連れて行くことができないのだ。

万が一のときは、千葉県房総半島の海上自衛隊・館山駐屯地の航空基地から来るヘリコプターで運んでくれるが、これも風が強ければ、小島に降り立つことができない。島の唯一の平坦地といえば、学校の校庭だけである。港の船着き場の近辺は溶岩が突出していて着陸は不可能なのだ。

ある日、日曜日の電話当番で学校にいると、正午を少し過ぎたころ、小学三年生の史郎が飛んできた。

「せ、せ、せんせ〜い、たいへんだ〜。文則ちゃんが、タンクからぶっこちて〈落っこちて〉頭を割っただら〜」

数分後、文則が島民に背負われて、学校へやって来た。高さ二メートルほどある貯水タンクから、転げ落ちたのだという。頭部の肉が三センチほど口を開いている。

子どもたちは、ほかの先生にも急を知らせに走った。私は生徒の机を並べ、緊急にベッドを作った。消毒に取りかかる。先生たちが駆けつけてきた。

教頭の清水静夫先生が、八丈島の診療所へ無線電話を入れる。十数回掛け直して、やっと医師が電話口に出てくれた。

私たちの耳は清水先生の口元に集中する。先生は傷口を説明する。私は出血を止めている。

「はい。傷口を合わせて……絆創膏で貼りつけるんですね……。はい。海は運よく凪いでいますので、すぐ漁船をチャーターして、そちらに向かいます」

私は、文則の傷口に「アカチン」（当時、広く使われていた消毒液）を流し込み、ぱっくりと開いた傷口を合わせて絆創膏を貼りつけた。

その後、八丈島の漁船を頼み、診療所へ向かうことができたのである。

小島での教員の代用医者は、外傷の重い手当てに苦労する。東京に戻った折、「医師の免許のない素人の教員が手当てしてもよいのだろうか」と、医師会に相談したことがある。「無医島、無医村では許されている」ということだった。

結婚後まもなくして、妻が妊娠した。八丈島の診療所に行って診てもらわなければならない。

妊娠三カ月あたりから、毎月、小島の焼玉エンジンの老朽船(ろうきゅうせん)や、八丈島の漁船をチャーターしては診療所へ行き、検診を受けることになった。

毎月、検診のたびに、「逆子(さかご)になっている」と言われたという。わずか三トンの小型船に乗り、焼玉エンジンの振動と黒潮の荒波に揺られるため、逆子になってしまったのかもしれない。

妊娠八カ月目に入ったとき、妻は出産に備えて東京の実家に戻った。そして、昭和三十七年(一九六二年)六月、実家の近くのT病院で長男が誕生した。

ところが、長男誕生の知らせを受けても、私は海が荒れていて八丈島に渡れず、帰京することができない。子どもに会ったのは、生まれて七日目だった。

病院へ行くと、看護師から尋(たず)ねられた。

「どこか、外国にでも行っていたのですか?」

「いや、東京にいました」

「東京？　一週間もかかるところがあるのですか？」

「ええ、それでも早いほうですよ。最果ての島ですから」

彼女は怪訝そうに首をかしげた。

妻子は元気そうで、翌日には退院できるとのことだった。

「でも、いやだったわ。父親が来ないのは、この病室でうちだけだったんですもの」

三日間の休暇中に、退院準備や区役所の手続きなどを済ませてから、私だけ小島に戻った。

ようやく夏休みになり、妻と生後二カ月の息子を迎えに行った。

「生後二カ月の乳児は、耳栓をして飛行機に乗せてください」

航空会社から搭乗の際に助言された。

小島に戻ってからも、子育ては悪戦苦闘の大騒動。粉ミルクは、雨水を沸騰させて作らなければならない。お食い初めの日は、小島の子どもたちがエビやアカハタを捕って届けてくれて大にぎわいだった。

ある日、妻が哺乳瓶を、ふかし器で消毒していたら、時間をかけすぎてしまい、溶けてしまった。そこで、息子にミルクをスプーンで与えたのだが、ゴム口でないので飲もうともしない。仕方なく、波が静まるのを待って漁船をチャーターし、八丈島の商店から哺乳瓶を二個取り寄せたこともあった。

医者がいないので乳児検診は受けられない。年一度、秋に医師団が来島し、島民に風邪などの予防接種をしていくので、その折に検診してもらっただけである。

しかし、小島に在勤中、「小島に集団風邪が発生した」などという記憶は一度もない。人間の生きる力のたくましさを改めて感じとった。

小島の貴重な記録を残す

私が生きがいを感じる行為のひとつは、雑誌などにモノを書いて発表することであるが、その出発点は、教員の世界に飛び込み、小島に赴任していた時代にある。

東京都とはいえ、南に約三百キロも離れた黒潮流れる真っただ中に浮かぶ孤島・八丈小島に赴任すると、都会では想像もつかない特異な出来事や風習が待ち構えていた。こうした小島での生活体験をとおして感じ、考えさせられたことを、ひとまとまりの文章として組み立てることによって、いままで自分が何気なく過ごしてきた生活のなかに、大事な意味や価値があることを発見できるようになってきたのだ。

そして、「作品を発表し、批評、指摘されることによって、さらに自分自身を向上させることができるのではないだろうか」と考えたのである。

「発表の場がほしい」と思っていた矢先、職員室の棚に置いてあった『教職員の文芸誌・文芸広場』(文部省公立学校共済組合発行)という雑誌が、ふと目に留まった。

「これだ！」

その雑誌を手にしたことが、その後の人生を大きく変える契機になったのだ。

当時の私はまだ、一冊の雑誌が新しい人生を切り拓き、人の縁を広げてくれるとは、夢にも思っていなかった。

雑誌『文芸広場』は、教職員ならだれでも自由に投稿できた。しかし、作品が入選するには、何十倍という厳しい関門をくぐり抜けなければならなかった。ジャンルは、小説、童話、詩、短歌、俳句、小品の六部門に分かれており、選者は福田清人（きよと）、阪本越郎（さかもとえつろう）、神保光太郎（じんぼこうたろう）、木俣修（きまたおさむ）、中村草田男（くさたお）、高橋真照（まさてる）、大久保泰（たい）の七先生であった。

私はまず、原稿用紙五枚にまとめるという「小品」に挑戦した。

それまで、私は小学生時代から一日も休まず、日記を書きつづけていたが、ひとつの出来事を文章にまとめあげて全国誌に投稿するという経験は初めてのことだった。

小島に赴任した翌年から、毎月小品を一作は書き上げ、定期船が来島するたびに投稿を始めた。

「小島での生活」「雨水不足の悩み」「島民の病気の治療」「定期船来島の日の喜び」「風土病」「泳ぎ釣り」「運動会」「小島の祭り」「素人散髪」「ランプのほや拭（ふ）き」「ウツボとの決闘」など、特異な題材ばかりである。

ちょうどそのころ、ＮＨＫで「日記ドラマ」の懸賞（けんしょう）作品を募集していた。真実の記録を構成して「ラジオドラマ化」するというＮＨＫの新企画であった。

私は過去の日記帳などを整理・再構成し、作品としてまとめていった。規定枚数は三十枚以内。さらに推敲を加えて応募したところ、運よく、応募総数八百十四編の中の一等賞になった。全国各紙のラジオ欄でも紹介された。

「日記は八丈小島に住む教師、漆原智良さんのもの。東京から八丈小島に赴任してきた教師にとって、この辺地の生活は驚くことばかり。だが、その貧しさにもめげない元気な子どもたちの姿は何よりの力づけだった……」（「東京新聞」より）

入選作には放送記念祭賞と、賞金三万円が与えられた（当時、教員の初任給は一万五千円だった）。私は、その賞金で八ミリ撮影機と映写機を購入し、小島の記録を撮って学校に寄贈した。

そして当時、人気番組のひとつだったＮＨＫのホームドラマ「バス通り裏」の作者・須藤出穂さんが山口淳プロデューサーと来島。その後、入選作はラジオドラマになり、木下秀雄さん、市原悦子さんの主演で全国放送された。

須藤出穂さん(後列左端)が来島

一方、『文芸広場』でも、一年間の入選が最多ということで、優秀作品として文部省(当時)から「文芸広場年度賞」をいただいた。

いま振り返ると、当時はまだ、底の浅い作品ではあったが、「賞」と名のつくものを受賞したことによって、そこからさらに書くことに自信がついてきたのだった。受賞後も投稿はつづけた。

昭和三十八年(一九六三年)、松平信久(まつだいらのぶひさ)さん(のちの立教大学文学部長・教授)が、八丈小島・鳥打小学校へ、新任の教員として赴任してきた。松平さんが、岩壁に降り立ったときの第一声をいまでも覚えている。

「福田清人先生（立教大学教授）がよろしく申しておりました。漆原先生の作品を読んで感動していましたよ」

松平さんは、立教大学で福田先生の教え子だった。福田先生は、『文芸広場』小説部門の担当選者でありながら、まだ一面識もない私の小品にまで目をとおしてくださっていたのである。私の投稿意欲はさらに高まっていった。

一方で、ある先輩教員からは、「小島の生活を売り物にするなよ」と、妬みにも近い皮肉や批判も浴びた。しかし、日本の片隅で、補償も乏しく、不便な生活を送らなければならない小島の日常を、黙って見過ごすことはできなかった。何と批判されようがペンは折らなかった。

全員移住

「将来を考えて、全員移住してはどうか？」

昭和三十八年（一九六三年）ごろ、島民のなかから、そんな声が起こり始めてきた。

本州では、東京オリンピックを控えて、高速道路や新幹線の建設などが急ピッチで進められていた。生徒たちは、小島の中学校を卒業すると、八丈本島の高校へ進学したり、都内へ働きに出てしまい、戻ってくる若者は少なかった。

――あと十数年経つと、小島の子どもは十人以下になってしまう。いまのうちなら、あがたち〈俺たち〉も、八丈本島で働ける。

――老人だけの島になることは目に見えている。

――定期船が来ても、老人では船の綱も取れない。

――素潜りで「テングサ」も採れない。失業対策事業で働けなくなったらどうなるんだ。

――時代は進歩しているのに医者がいない。

集落長は、こうした島民の声をまとめ、次のように要約した。

- 電気・水道・医療の施設がない
- 生活水準格差の増大
- 人口過疎の傾向が甚大である
- 子どもの教育の隘路

昭和四十一年(一九六六年)三月、八丈小島の島民(三十世帯・九十三人)は、八丈町議会に「全員離島請願書」を提出した。同年六月、八丈町議会は「請願」を採択。町長は「小島にいては、生活の向上が望めない」「子どもたちにも刺激がなく、教育効果が上がらない」という二点を強調し、東京都に「小島住民の意思」を伝え、移住費の協力を求めた。

昭和四十二年(一九六七年)九月、八丈町は東京都に「八丈小島住民の全員離島の実施に伴う、八丈町に対する援助」の陳情をおこなった。

なにしろ、全国初の「全員移住」である。前例もなく、保障金だけでも莫大なものだ。都では「自治省と相談する」と、即答を避けた。

昭和四十三年(一九六八年)十月、東京都と八丈小島代表者との最後の交渉がおこなわれ、全員移住の保障について最終の「調印」がなされたのである。

このとき、東京都が示した条件は次のようなものであった。

一、土地は三・三平方メートル(一坪)当たり九十三円で、島民の所有地を買い上げる。

二、買い上げ金が五十万円に満たない人々は、生活つなぎ資金を支給し、総額で五十万円を下回らないようにする。

三、一人十万円の生活資金と、一世帯五十万円の生業資金を融資(ゆうし)する。

四、都知事から一人五千円、一戸三万円の見舞金を支給する。

また、八丈町からも以下の条件が提示された。

・都の生業資金の利息三分の二を、町が肩代わりする。

・第二種都営住宅に優先入居させる。

こうして、八丈小島は、昭和四十四年(一九六九年)三月、全国初の全員移住の島となった。小島を離れた島民は、八丈島、東京都内、小笠原などに、安住の地を求めていったのである。

「あばよ〜い」

いまも、私には、八丈小島の島民が別れを惜しむ悲しげな声が聞こえるような気がする。

第四章　心を育む活字文化
——書く力、読む力

山形の浜田広介記念館にて

「モノ書き」駆け出し時代

昭和三十九年（一九六四年）四月、私は東京都西多摩郡羽村町（現在の羽村市）の中学校に転勤になっていた。

「いよいよ、息子のふるさとが、無人島になってしまうんだなあ」

「なんだか寂しい気持ちだけど、これも時代の流れね」

「無人島になっても、島は消えるわけではないのだから」

八丈小島の全員移住が完了したことを聞いた私は、妻と小島の生活を懐かしみ、感慨にふけっていた。

八丈小島から東京郊外の中学校に転任してからも、作品の投稿はつづけた。教員仲間から、「きみは、特異な島にいたから書けたのだろう」と、またまた嫌味を言われた。

「人は何と言ってもよい、自分の信念は曲げたくない」

私にとっては、そうした嫌味な言葉さえも、書くことへの起爆剤になった。「なにくそ」という、壺井栄の言葉を思い出し、翌日の教材研究を終えた真夜中にペンを走らせた。昭和四十一年（一九六六年）には、『人生論作品募集』（主催＝角川書店）に応募して入選。さらに、雑誌『旅』の紀行文募集に応募して入選（昭和四十三年四月号に掲載）と、修練を積んでいった。

　すると突然、文部省（当時）公立学校共済組合の『文芸広場』事務局から、「雑誌文芸広場の編集賛助員になってもらえないか」と声をかけられた。

「読者であり、投稿者でもある全国各地の教員の方々と編集部との架け橋になってほしい」

「夏休みには選者の先生方に付き添って講演旅行に参加してほしい」

　思いがけない話に、私は喜んで承諾した。

　さらに、『文芸広場』誌上で活躍し、学校長でもある、児童文学作家の香川茂先生や西沢正太郎先生からも、「いま、雑誌『中学生文学』を主宰している。協力してもらいたい」とのことで、同誌に「作文の書き方」や「童話」を連載することになった。

児童文学を勉強するには、多くの仲間と触れ合い、批評し合わなければ上達しない。そのためにも、福田清人(きよと)先生が理事長を務める日本児童文芸家協会に入会したいと思ったのだが、当時は「商業出版された著書が二冊以上あること」「二名の理事以上の作家の推薦が必要なこと」との入会条件があったため、私は足踏みせざるを得なかったのだ。

じつは、昭和四十一年(一九六六年)には、すでに『愛と黒潮の瞳』を出版していたのだが、二冊目が上梓(じょうし)されていなかったのだ。その後、『作文ハンドブック』を出版した折、福田、西沢両先生の推薦をいただいて同協会に入会したのである。

すると、教育関係の雑誌『月刊国語教育』『実践国語』『悠』『灯台』などから次々と原稿依頼が舞い込むようになってきた。

私の「駆け出し時代」は、福田先生をはじめとする多くの先生方が門戸を開いてくださったおかげで、原稿用紙の上を走り出すことができるようになったのである。

「孤島での厳しい生活、島民との心温まる交流を書き残しておかなければ」との思いから雑誌に投稿を始めたことが出発点だった。「作品は人をつなぐ」というが、そのことが縁となって、人との輪が広がっていった。

浜田広介先生との出会い

児童文学作家が数百人集う、「社団法人・日本児童文芸家協会」に入会したおかげで、同協会の会長でもある浜田広介先生(一八九三〜一九七三年)とも親交を深めることができるようになった。私は広介先生に師事しながら、協会の仕事を手伝うことになった。

私の妻の両親が、広介先生と同じ山形県高畠町の出身ということもあってか、広介先生からは人一倍やさしく励ましていただいた。

広介先生は、山形県屋代村(現在の高畠町)の農家の長男として生まれた。米沢中学、早稲田大学へと進学し、学生時代に書いた最初の童話作品『黄金の稲束』が、大阪朝日新聞の懸賞募集で一等入選。以後、童話の執筆に全力を傾け、『泣いた赤おに』『むくどりの夢』『りゅうの目のなみだ』『よぶこ鳥』『五ひきのやもり』『ひとつの願い』など、千余編の童話を生み出していった。

どの作品も温かく、やさしい心を基調としたもの、つまり人間が本来持つべき〈善意・愛情・同情〉の心をすくい上げ、日本的抒情を秘めた、美しく、リズミカルな文章でまとめあげたものばかりである。

今日、「ひろすけ童話」が注目され、再評価されているのは、人間としてあるべき生きる姿を、的確にとらえているからにほかならない。その原点について、広介先生は次のように語っている。

「私は、幼少のころから母や祖母からむかし話を聞かされていた。いくつかのお話の中には、面白おかしく、滑稽なものもあったが、聞いた後には、哀れなところが、ちょうどくぼみに水が溜まってしまうように心の中に残ったものである。溜まり水は乾くこともなく心のうちに沈んでいって、地下水ともなったのか、それがやがて私の童話の中にわき出して、感情、感覚、詩情を加えて、私の童話の質になった」(『わたしの文学のもと』雑誌「中学生文学」より)

私の脳裏(のうり)には、広介少年が、やさしい母に手を引かれて田畑のあぜ道を歩き、野草、昆虫、小鳥などを観察していた原風景が浮かび上がってくる。

そのたびに、私自身も戦前戦中の幼年時代に、母が読み聞かせをしてくれたこと、日記をつけるように言われたことを思い出していた。そうした母のしつけが、私が作品を生み出す原動力となり、それが広介先生との出会いにまでつながったのである。

私が、広介先生に最後にお会いしたのは、昭和四十八年(一九七三年)三月、ちょうどお彼岸の中日であった。

その日、児童文芸研究会が新宿区神楽坂(かぐらざか)の日本出版クラブでおこなわれた。その帰り道、私は広介先生に、「浜田先生、コーヒー(お茶)でも飲んで休んでいきませんか?」

と声をかけた。

すると先生は、首をかしげて言われた。

「今日は、お彼岸の中日ですよ。ご先祖様の供養の日だ。コーヒーはやめて、どこか甘党の店に入って、ぼたもちか、お汁粉でも食べていきましょうよ」

私は一瞬ハッとした。

先生は八十歳になられても、今日がどんな日で、いま何をしなければならないか、ということを絶えず考えて行動しておられたのだ。

私は、童話作家の上崎美恵子さんを誘い、三人で甘味処へ入った。お汁粉を注文した。品物が出てくるまで、広介先生はスズメの話を始めた。

「ぼくの家へ、毎朝スズメがやってくるんですよ。そのスズメがね、チュン、チュン、チュン、チュ……って、鳴くんですよ。ああ、今朝も、きのうのスズメが、やって来た……うれしくなりますね」

先生は口もとをふくらませて、スズメの鳴き声の真似を始めた。

浜田広介記念館には多くの作品が展示されている

「チュン、チュン、チュン、チュンですか?」

私は相づちを打つ。すると、先生は、

「違う、違う……チュン、チュン、チュン、チュ……って、鳴くんですよ。スズメはね、一羽一羽、鳴き方が違うんですよ。だから、きのうのスズメだとわかる」

先生は指先でテーブルをトントンと叩き(たた)ながら、スズメの鳴き声をいつまでも発していく。先生は「いま、何が聞こえ、何が見え、どんなにおいや味がするか」と、四囲(しい)に感性の光を放っていたのである。だからこそ、あのような善意と愛情に満ちあふれた温かい童話を生み出すことができたのである。

私は、それ以来、自分の四囲を見つめる目が変わったような気がする。人と接しているときにも「いま相手は何を考えているのだろうか?」とつねに心に問い、相手の心を傷つけるような鋭い言葉を投げつけられなくなった。

見えないものを見るにはかなりのエネルギーが必要になってくる。だがそうした考えを抱くことによって、二度と戻らない、「今日という日」「いまという瞬時」を、大切にするようになってきたのである。

先生は、多くの童話を残されて、この年の秋、「ひろすけ童話の軌跡」を執筆中に天国に召されてしまった。当時、私は広介先生の連載されていた日本児童文芸家協会の機関誌『児童文芸』の編集に携わっていた。

平成元年(一九八九年)、広介先生のふるさと、山形県高畠町一本柳の地に、浜田広介記念館が建てられた。ひろすけ童話にまつわる数々の品が展示され、子どもたちを楽しませてくれている。私も「ひろすけ童話感想文・感想画全国コンクール」の審査員として、いまもお手伝いに参加している。

教科書編集時代と遠藤豊吉さん

私が、教育書を数冊出版したころ、三省堂から「中学校の教科書編集委員のお手伝いをお願いできないか？」と、声をかけられた。しかし、私は躊躇した。教育現場に身を置いているので、生徒指導に支障があってはいけない。それに、教科書を作る力など持ち合わせていない。

先方に、その旨を伝えたら、「教科書を作るには、現場の先生の声が必要である。どこの会社でも、教育現場の先生を数人、編集委員にしている。文部省も容認しているので、あとは校長の許可さえもらえればよい」とのこと。そこで、勤務校の校長に相談すると、「教科書編集の経験は、現場に生きて跳ね返ってくる。力もつく。経験してごらんなさい」と、快く承諾してくれた。

編集委員の名簿を見ると、金田一春彦、波多野完治、長谷川孝、遠藤豊吉など、二十余人の錚々たるメンバーが名を連ねている。編集会議は、月二回ほどで、土曜日の夜か日曜日とのこと。自分自身の執筆修業の糧にもなるであろうと、末席に座らせてもらうことにした。

私は、遠藤豊吉さん（彼は先生と呼ばれることを嫌った）、金子百合子さん、鈴木桂子さんと組んで「作文単元」を担当することになった。

作文単元部会のリードマンは遠藤さん。当時、遠藤さんは「ラジオ子ども相談室」に出演していて、人気のある教育評論家でもあった。

自己紹介の折、各自が作文に対する考えを述べることになった。

私は、八丈小島で二十五人の子どもたちに毎週、作文を書かせていた。

「なぜ、雨水を飲まなければならないのか」

「なぜ、電気がつかないのか」

「なぜ、定期船がこないのか」

「なぜ？」「なぜ？」といっしょに考えて作文を書いてきた。事実を事実として書き、多くの人々に伝え、考えることによって、生活は向上するものである。

最近の作文教育は、「どう書いたらよいか？」という技能面が先行している気がする。若い中学生が作家の作品を真似(まね)したり、美辞麗句(びじれいく)を並べるだけであったり、観念的な言葉の羅列(られつ)だけでまとめ上げているような作文を見かけることが多くなってきた。「まずは、問題意識を持つことから始めなければならない。〝どう書くか〟という技能面は、書き上げていく過程のなかで考えればよいのだ」ということを語った。

教科書は問題意識を持った「主題単元制」を重視して編集されることになった。作文単元部会では、仲間の呼吸がピッタリ合った。

「何を、どう書くか」という技能面が先行することなく、「何を書かなければならないか。そのためにどう書くか」という方向でまとめよう。「どう書くか」という技能面は、全体のなかに包括(ほうかつ)してしまおう、という方向で編集することになった。私の意見が取り入れられた。

生活を高めるために書く、というのであれば「子どもにとっての生活とは何か」を押さえなければならない。生活とは「人と人との触れ合い」「学習すること（おとなは労働)」「余暇の充実」の三点を、昨日より今日、今日より明日へ、と螺旋状に向上させていくことではないか。それを囲むのが自然で、生活向上の過程がすべて文化である……という観点から、まとめていった。

たとえば、昭和四十年代、高度経済成長の波に乗って、都会への一極集中化の波が押し寄せた問題を考えさせ、「社会のなかで」という単元を設定し、「自分の住む町」を書くという目標を提示する。

その場合、書きたいという意欲を触発させるため、三つの教材で構成する。

【第一教材】過疎の島「失われていく島」(物語)

【第二教材】日ごとに過密化される「ぼくの住む町」(生徒作品)

【第三教材】自分の住む町を書く

文章のジャンルは、三つに分けられる。

一、感動、体験を書く

二、記録・説明・報告を書く

三、意見、感想を書く

二年生の指導項目の「客観的事実を的確にまとめる」ということから、第三教材にその書き方を解説し、全十二時間の展開案を作成したのである。

つまり、第一、第二教材は、読解のための教材ではなく、「書くために読む（意識の触発）」なのである。展開は、次のように完成までの流れを具体的に解説して、ひとつの単元を構成するのである。

・題材を発見する。
・主題を決める。
・組み立てを考える。
・草稿（下書き）を書く。
・清書する。

「作文の時間」は年間三十六時間であるから、一単元十二時間で各学年三単元、全学年で九単元を作成することになる。

編集会議は、都心にある三省堂本社で、夜六時から十時までおこなわれた。帰宅すると午前零時を回っていることもあった。しかし、夜間大学に通っていた学生時代のことを思えば、「教科書を生み出す」という作業には、夢があり楽しみもあった。

編集会議を終えると、いつも中央線で吉祥寺まで遠藤さんといっしょだった。

「漆原さんは幸せだよ。自分の書いた物語が教材となり、教え子の作文が参考作品として文部省の検定に合格し、教科書に採用されたのだから……。戦後、初めてではないかなぁ」

「それは、遠藤さんのおかげですよ」

「いや、過疎の島の体験と、いま書かなければならないことを、生徒に書かせた力だよ」

遠藤さんは、私を絶えず励ましてくれた。

私は作文の指導法について、遠藤さんから多くのことを学ばせてもらった。それだけではない。教師の怠慢と傲慢さを排除することが教育の原点であることも、遠藤さんの言葉の端々から感じ取ることができた。感受性豊かな遠藤さんとの出会いは、私にとってかぎりない僥倖でもあった。

もったいない

「児童文学の道を一筋に歩みたい。自分にしかできないことを残しておきたい」

東京都の中学校教諭として定年退職するまでには、まだかなりの時間と歳月を残していた。しかし、私は、自分が取り組まなければならない仕事に邁進したいと考えた。

そして、「思ったが吉日！」「即決断！」とばかり、学校長に依願退職願を提出してしまった。妻は、「どうせ、止めてもダメでしょうから」と、半ばあきらめた顔で承知してくれた。ちょうど、昭和が終わりを告げた年だった。

当時、社会はバブルの好景気に沸き返っていた。その反動は教育界にも如実に表れていた。学歴至上主義から起こる偏差値輪切り教育、校内暴力の横行、葬式ごっこに象徴される陰湿ないじめ、いじめによる自殺事件、指導という名目の体罰など、教育現場は混乱し、揺らぎ始めていた。

こうした問題も書きたかったが、それ以上に、〝二度と起こしてはならない戦争・戦災体験を書いて、次世代に残しておきたい〟という思いが強かった。中学校教諭は、免許を取得し、採用試験に合格すれば、だれでもなれる。だが、「戦争・空襲」を書くことは、戦災体験者一人ひとりの重い言葉が必要だ。

ちょっぴりおとなになり、私たちと同じレベルで物事を語れるようになった中学生と別れるのはつらかったが、「短い人生の、自分に与えられた時間を大事に使いたい」などと、自分勝手な解釈をつけて、教員を退職することを決断したのだった。

「新しい人生を拓くには、すばやい決断が必要だ！」

生徒たちとかかわりを持っている教員にとって、在職中は「人事異動」と「退職」の話はタブーなのだが、私の場合、いくつかの雑誌に発表されてしまったことから、知人、友人、父母などに退職が知れわたってしまった。

そのとき、十人中九人が、「先生をお辞めになるんですって！」と、驚きの表情を示した。そして、最後には決まって「もったいない」という言葉がのしかかってきたのである。

これから、新しい第二の人生を拓いていこうと、児童文学の光が微かに灯り始めているる矢先に、その言葉が飛び込んでくると一瞬の戸惑いとともに、不愉快な気分になるのであった。

「なぜ、もったいないの？」

「せっかく、教師という安定した職業に就き、高給をいただき、ボーナスも出るし、年金も加算されるというのに……」というのだ。たとえ、言葉に出さない人でも、そのことが表情から伝わってくるのだった。

私は決して経済的に余裕があって退職するのではない。「残された歳月を、多少でも児童文学の執筆に全力を注ぎたい」と思っていたのだ。しかし、そんな単純な動機は、世間一般には通用しないのかもしれないと、またまた考え込んでしまった。

だが、ひと握りの理解ある人の「よい作品を後世に残してほしい」という言葉に励まされ、途中下車をして新しい道を歩み始めた。

「もったいない」という六文字は、穿った見方をすれば、「あなたの行動は間違っている」というようにも聞こえてくる。裏を返せば、そのような人たちはおそらく家庭でも、子どもに対して、「有名な安定した会社に入ったのだから決して辞めてはだめよ！」などと、その前途を遮断し、経済的・安定的価値観だけですべてを推しはかっているのではないだろうかと、悲しみさえ覚えてくるのだ。

そこまで考えてから、いま一度、「もったいない」という言葉を反芻してみて、思わずハッとしてしまった。

いま、私は相手の吐き出す言葉をとやかく言っているが、果たして、自分自身はどうだっただろうか。かつて、教員時代に平然と、「A校を志望しているのに、B校に下げるなんて、もったいない……」と、同じような言葉を投げかけ、生徒の心を傷つけ、踏みつぶしていたことがあったのではなかろうかと、自責の念にかられ始めたのである。

私は、「もったいない」という言葉の重みをとおし、自戒と反省とが胸のなかで痛みを放っていた。しかし、踏み出した以上は前を向いて進むしかない。ただ一途に児童文学の世界へと飛び込んでいったのである。

退職すると、いつしか「もったいない」という言葉はどこかに泡のように消えてしまった。

目の前にいるのは中学生ではなく、原稿用紙だけ。在職中から構想を練り、企画をためていた児童向き『作文の書き方おしえてよ 1~6年』の全三巻の執筆のほか、聖教新聞の「イキイキ家庭教育」、公明新聞の「優しさの教育」などの連載に取り組んだ。

教員仲間や知人などには、申し訳ないとは思いつつも、「来年の賀状にでも書いて知らせればいいだろう」と、退職の知らせは出さないままでいた。

すると、秋草学園短期大学の秋草かつえ学長から直々に電話がかかってきた。

「先生の中学校から、うちの高校へたくさん生徒を送ってくださった。今度は、先生がうちの大学の教壇に立っていただけないでしょうか？」

また、実践女子短期大学国文科の板垣弘子主任教授からは、「福田清人先生（元・実践女子大学教授）のご紹介です。児童文学論を講義していただけないでしょうか？」と、講師の依頼を受けた。八丈小島の小・中学校の元同僚で立教大学文学部長になっていた松平信久さんからも、「元同僚のよしみで立教大学へ」と、声をかけてもらった。

それまでのさまざまな縁から、温かく寄り添い、引き上げてくださる、こうした方々に感謝し、私はすべての誘いを快諾した。

結局、中学校を退職した後も、週三日は勤務することになった。

［火曜日］実践女子短期大学で「児童文学論」（国文科の学生のみ）と「教養文学」（全学部対象なので聴講希望者を含めて四百人）で三コマ。

［水曜日］立教大学で「児童文化論」を一コマ。

［木曜日］秋草学園短期大学で「幼児教育論」（一部と二部の学生を対象に朝九時から夜八時半まで）を六コマ。

大学は一コマが一時間三十分。週十コマの講義はきつかったが、一日も休むことはなかった。大学に講師として勤務しながら、私は精力的に執筆をつづけた。大学は、自分の担当する講義が終われば、帰宅できる。そして、金曜日から月曜日までを、執筆と講演会にあてた。私は学生たちにも約束した。

「講義中、私は椅子に腰を下ろしません。二百人の講義室以外では、マイクも使いません。自分のノートに書いてある事柄だけの知識を、ブツブツと講義するようになったときは、教壇を去ります」

こちらが真剣になると学生も真剣になる。

「火曜日は、先生の授業は一校時でしょう。秩父から特急電車に乗ってくるの。お金がかかるけれど……」と笑って、講義に出席する女子学生もいて心が和む。

やがて、拙書が次々と出版されると、「もったいない」という言葉を投げかけた人たちが、「中学校を辞めてよかったじゃないか」「好きな道を選んで賢明だった」と、肩を叩いてくれるようになった。だが、それは結果論だ。

要は「自分はどう生きるか」ということを、つねに問いつづけ、決断し、誠実に歩んでいけば、それでよいのだ。

「読み聞かせ」の普及活動

私が児童文学の世界に飛び込んで作品が書けるようになった原点は、幼いころ、母に「読み聞かせ」をしてもらったことにあった。そこで、大学に勤務する傍(かたわ)ら、読み聞かせを中心とした「読書推進活動」に取り組み始めた。読書推進活動を国会議員に訴え、また、各紙誌にも提案の寄稿などをおこなった。

やがて、政府は六百億円の「読書推進予算」を計上してくれた。そのうえ、政府与党はプロジェクトチームを結成。「読み聞かせが子どもに与える影響と重要さ」について、全国各地を巡って語ることになり、私も同行することになった。

国会議員が「予算獲得(かくとく)までの経緯と、読書の果たす役割の重要さ」について語り、私が「読み聞かせが子どもの感性を育(はぐく)み豊かにする源泉であること」について語った。

ところが、どこの会場も女性の聴講者が九割を占める。そこで、「男性議員や多くのお父さん方にも聞いてもらいたい」と、「男性のみ聴講の講演会」も開催したのである。平成十八年（二〇〇六年）九月九日。男性議員対象の会場は満席となった。そのときの講演内容を紹介したい。

〈本日は二百人に近い男性が参加されていることを大変うれしく思います。ここに集った男性が各地で、読み聞かせを呼び掛けてくださることを期待しています。

私はいま、小中学校、図書館、公民館などに招かれて、本が子どもの未来に及ぼす、すばらしい影響について語っています。

「いまの子どもたちは本を読まない」と言って、おとなが逃げているように思います。本の嫌いな子は一人もいないはずです。本のおもしろさ、楽しさを知らないだけなのです。本の嫌いな子には「精神を揺さぶる」言動を、おとなが示せばいいのです。

子どもたちのふさわしくない行為を、諭したり、叱ったりすることもできずに、ただ怒りの感情だけをぶつけたり、学力偏差値だけの即物的な価値観だけで、子どもを判断してしまう親たちを見かけることがあります。「感性をいかに育むか」という、大事なことが欠如してしまっているように思われてなりません。豊かな感性とは、心のなかにある本質や、自分を取り巻くものの本質を見抜くことのできる目です。感性を育てるためには、①人々との触れ合い②自然との触れ合い③読書や観劇などによる間接体験の幅を広げることだと思います。

私ごとで恐縮ですが、幼少期、私の部屋は本に囲まれていました。「桃太郎」「猿飛佐助」「イソップ物語」「山中鹿之助」など……。夜、床に就いてからの母の読み聞かせの声は、いまでも脳裏に焼きついています。やがて太平洋戦争が勃発、母は防空演習中に倒れ、父と祖母は三月十日の東京大空襲で行方不明。一夜にして家族、家財を失ってしまいました。いわゆる戦争孤児です。しかし、私の内奥には母が読んでくれた本の内容が、貴重な財産としてしっかりと染み込んでいました。

戦後、生活が苦しいときも〝『路傍の石』の吾一はもっと苦労したではないか〟〝『次郎物語』の次郎は、里子に出されたではないか〟と作品の主人公と比較しながら、歩むことができたのです。読み聞かせの大切さは、ここにあるのです。

子どもたちが本の世界に飛び込み、主人公といっしょになって動きまわる。さまざまな人物の言動について考える、共感する、反発する、同情する、そうした間接体験を積むことは、感性を育む泉のほとりに腰を下ろし、泉の柔らかい水を飲んでいるのと同じことなのです。心に染み込んだ水は、成人したあかつきに、必ず噴き出してくるものです。

すぐれた童話や児童文学作品は、人間の生き方の一側面を選び抜き、研ぎ澄まされた言葉を駆使して生み出されています。それらを読むことによって、ふとした経験、ふとした想像の中に託された、人間の喜びや、悲しみを感受することができるようになるのです。

読書する→間接体験の幅が広がる→感性の目が育つ。それは同時に、自己の内面や、自己を取り巻くものの本質を鋭く豊かにとらえることのできる眼（心）が開いていくことにもつながっているのです。幼・少年期に、本をたくさん与えられ、やさしく育てられた子どもは、仲間や、友だちの哀歓を読み取ることができるようになります。なぜなら、本をとおして人情の機微を感じ取っているからです。だから、相手に暴言を吐いたり、暴力をふるったり、いじめたりすることはしないはずです。読書によって心が潤っているからです。

近年、「子どものいじめ」が問題になっていますが、その底には、子どもたちの乾いた心が波打っているのではないかと、悲しく思うことさえあります。私は、父親が先頭に立って「読み聞かせ運動」に参加してほしいと願っています。そこで、子どもたちのへの「読み聞かせ」について、心掛けてほしいことを三点ほど挙げてみましょう。

一つ目は、父親が子どもの読書にもっと関心を抱いてもらいたいということです。

「お父さん、『泣いた赤鬼』読んでよ」と言われて、「うるさいなあ」と怒ったときに、お父さんは子どもにマイナス千点を与えてしまっています。また、子どもを無視すると、マイナス二百点。一方、「よし、読んであげよう」と、やさしく接するとプラス百点になる。これは心理学的な分析ですが、一カ月に、子どもにプラス三千点の言葉がけをすると、子どもの感性は育まれていく。逆にマイナス三千点与えると、家庭そのものが暗くなってしまうのです。子どもに笑顔で接すると、一回五十点。一日二回、笑顔でほめて、本を読んであげてほしい。すると三千点で家庭そのものがバラ色に輝いていくのです。また同時に、お父さん自身の読者体験も語ってほしい。子どもは大きく変わり、成長していきます。

二つ目は、子どもへの「本を読め！」という命令口調は極力、避けてほしい。それよりも具体的に事実（本の内容でも、己の体験でも）を客観的に伝え、ヒントを与えてほしいのです。

読書以外のことでも、そのことを心掛けてほしいと願います。「七時だ、起きろ！」という命令口調ではなく、「七時で～す」と、事実を客観的に叫べばよいのです。中学生の子が「うるさいなあ」と言ったら、「本当のことを言って何が悪い（笑）」と言えばよいのです。

そうした日常の習慣が大事。やがて子どもは、自分で判断できるようになっていきます。するといつしか、自ら本を手にするようにもなるのです。

三つ目は、父親が、子どもに「本を読ませたい」という思いを、上から目線で引き上げるのではなく、下から支えるようにして、読書への目を開かせてほしいと願います。子どもの夢を引き出してほしい。子どもの夢と現実を本という名のパイプでつないでほしいのです。

たとえば、子どもが野球選手になりたいと言ったら、「お父さんはベーブ・ルースの伝記を読んだことがある」と共感したり、「いまは、松井やイチローの本もあったな」と、ヒントづけしてあげるのもよいでしょう。その際にも、「お前も、このように生きるんだぞ」といった断定的説教は禁物です。自分で考えさせ、判断させてほしいのです。そのうち、子どもは本の感想を語り出すかもしれません。その折には「お父さんもそう思っていた」と、共感してあげてほしいと願います〉（趣意）

読書推進運動は、その後も全国各地で根を張り、活発につづけられている。

「愛を得た子は安心して己の才覚を伸ばす」――子どもの段階に即した本を選択し、「読み聞かせ」が果たす役割をしっかり認識し、読書環境づくりへの関心をさらに深めていこうと思う。

第五章 よみがえる無人島
——四半世紀の歳月を超えて

八丈小島

無人島、その後……

八丈小島が無人島になって四半世紀——。私にとっては、教員になって最初の赴任地であり、長男が生まれた故郷でもある。黙って見過ごしておくわけにはいかない。週三日は大学に勤務しているものの、時間的な余裕もできてきた。それに長期休暇もある。

平成六年(一九九四年)七月、私は思いきって、かつての小島の教え子でダイビングインストラクター業を営む鈴木基弘くんの漁船に乗って八丈小島へと渡った。

穏やかな夏の凪の海とはいえ、黒潮流れる大洋の波は激しく漁船を揺さぶった。カモメが船上を舞い、海ガメが波間から顔を現す。風景は四半世紀前と何ら変わりがない。

「いまは、船足が速けんて〈速いから〉小島まですぐだらあ〈すぐだよ〉」

基弘くんが白い歯を見せて、私を安心させようと大声で叫ぶ。

私は船首に腰を下ろし、八丈小島にじっと視線を向けていた。エンジンの音に溶け合うように、かつての島民の声が思い出されてくる。

全員移住後も、旧八丈小島の島民とは何度も会っては、移住後の苦しい生活を耳にしていた。

――まるで、強制疎開(そかい)したようなもんだ。八丈島で菜園を貸すといっていたが、いまだに借りられない。

――故郷を捨てることが、こんなにせつないとは思わなかった。予想外に生活費が嵩(かさ)んで困っている。

――小島に帰りたくなった。宅地だけでも売らずにおけばよかった。一人当たり十万円のつなぎ資金は援助資金だと思っていたら、貸付金だった。

島民の口から吐(は)き出された言葉は、後悔、口惜しさ、怒り、嘆(なげ)きにも近いものばかりであった。表面的には「移住の陳情(ちんじょう)」という形はとっていても、社会事情で、そこまで追い詰められていった島民の悲しみはいかばかりであったか。

経済発展至上主義の政策は、人間が自然を破壊するだけでなく、人間が人間を破滅に追い込んでいくという行為だったのではないだろうか。そんなことさえ感じられてくる。

八丈小島は、地図の上ではゴマ粒ほどもない小さな島であっても、何十年、何百年と住んできた人々の命は地球よりも重いはずである。わずか百余人の孤島の全員移住という現実は、一億数千万人の日本人の生活の縮図でもあるような気がする。

さまざまな思いが脳裏に去来する。

やがて、漁船は四十分ほどで八丈小島・鳥打の岩壁に到着。たしかに船足は速くなった。

ゴム草履を脱いで裸足になった。足の裏から岩場のぬくもりが体内に伝わり、一瞬震えた。岩場で遊んでいた野ヤギが五十数頭、突然の来客に驚いたのか岩肌沿いに逃げていく。子ヤギを守りながら最後尾を走る雄ヤギが時折、振り向いては「オ〜ウ〜」と、まるでオオカミの遠吠えに似た野生の叫びをあげていく。島民が島を離れるときに放した数頭のヤギと、以前からいたと思われる野生のヤギとが仲間となり、この四半世紀の間に五百頭ほどに繁殖し、島を闊歩しているのだった。

基弘くんは「魚を釣ってくる」と、小島の沖へ船を走らせていった。

私は、雑草をかき分けながら島の中腹に点在していた集落地跡をめざした。ハマンタイラと呼ばれていた平坦地には、ところどころ溶岩が首を出し、その岩陰の祠が当時のままの形で残っていた。

教え子の鈴木基弘くんと上陸（平成6年）

浜小屋の前には鉄錆の匂いを放ちながら、船の巻き上げ機が横たわり、かつてここに人間が住んでいたことを訴えているようであった。

平坦地を過ぎると上り道となる。生い茂った草をかき分ける音と、時折さえずる鳥の声のほかは何も聞こえない。傾斜に沿って枝を伸ばした灌木の間を縫って、潮風が追ってくる。黙々と上る。

歳月は、自然を浄化させるが、モノを風化させてしまう。いつしか〝八丈小島で温かく寄り添いながら懸命に生きた島民の姿〟も風化してしまうに相違ない。私の今回の訪島も、四半世紀の節目というだけでなく〝全員移住という事実〟を風化させないためのものであったのだ。

そんなことを考えながら歩を進めると、ほどなくして集落地跡に着いた。

高い玉石垣、ツバキ、フェニックス（ヤシ科の樹木）、雨水貯水槽などが、かつて、そこに民家が存在していたことを証明してくれていた。手を触れるとぬくもりが伝わってくるようであった。人の手が加わらなくなり、樹木の梢は不ぞろいになってはいたが、力強い呼吸だけはハッキリと聞こえてくるのであった。風の動きにしたがって、フェニックスの葉が光の破片を跳ね返していた。

学校跡にたどり着いた。長い歳月の風雨に耐え、校庭の雑草と樹木に包まれて校舎は息づいていた。窓ガラスは粉々に割れ、ヤギの糞と混じって乾いた土の上に散在している。教室の床も抜けている。だが、校舎の柱と屋根は、大地にしっかりと足をつけていた。

島を去るとき、基弘くんの父でもある集落長の鈴木文吉氏が、わずかな時間に赤いペンキで走り書きしたという文字が、壁にしっかりとしがみついていた。

『五十世に暮らしつづけた我が故郷よ
今日を限りの故郷よ
かいなき我は捨てされど
次の世代に咲かして花を』

文吉氏の歌には、島民のせつなさと未来への思いが刻まれていた。

私は壁に手をあてて、そっとつぶやいた。

〝手を取り合って生きてきた精神は、書き残し、語りつづけていくよ〟

校舎の裏手へ回った。ヤマバトとウグイスが鳴いていた。私は、さらに高台へと向かった。多少の冒険心と、息子の故郷であるという感慨とが交錯し、私の心を駆り立てていたのかもしれない。

径は草に覆われ見分けがつかない。マツ、ツバキ、シイ、ツゲの枝が伸びていた。それを目印に進む。やがて明るい草地に出た。その先が断崖の突端だ。

足元の岩は抽象的な彫刻の形をして海の底までつづいていた。雲ひとつない青い空と紺碧の海はどこまでもつづいていた。ねっとりとした光を払いのけるように、潮風が心地よく身体に巻きついてくれた。

ふるさとはヤギの島に

私は、その後も、夏休みを利用しては八丈島に飛び、無人島になって、次第に風化していく島の実態や、旧八丈小島の島民の生活の実情や思いを訪ね歩いた。

懐かしい学校跡で基弘くんと語り合う（平成6年）

無人島・八丈小島のヤギは増えつづけていった。八丈島の漁師にとっても、小島のヤギの繁殖は深刻な問題になっていた。

ヤギの食害によって年々、樹木や森林が減っていく。クワやヤシャブシの林が枯れていく。餌を求めてヤギは断崖までやってきて、草の根まで抜いていく。すると、各所で崖崩れが起こる。その影響で岩場に貼りつくトコブシや、岩場で眠る伊勢エビが捕れなくなってしまうというのだ。八丈町では、「時間をかけても本来の植生を回復させたい」という。

私は、八丈小島で見聞した事実をまとめ、雑誌や新聞に発表した。

するとまもなく、朝日新聞社のI記者から電話があり、「八丈小島にいっしょに渡ってもらえないか?」と言うではないか。こうして平成九年(一九九七年)三月三日、私はI記者、鈴木基弘くんと三人で八丈小島へ渡ったのである。

離島の際に校舎の壁に書かれた父・文吉氏の「詩」を読む基弘くんの目元はうるんでいた。赤いペンキで書かれた文字に触れながらつぶやいた。

「移住のとき、本土で高校生だった。卒業したら小島に戻るつもりだった。それで離島には反対だった。ここには手つかずの自然があった。小島でペンション経営をするのが夢だった。あんなにシーフードの豊富なところはなかった。住めるものなら、ぜひ住みたい」

たしかに、ツバキやフェニックスを見ていると、小島の自然は生きていると感じられる。自然の恵みや、八丈小島独自の文化が消滅していく。我々は、なぜ高度経済成長の波に呑(の)まれなければならなかったのか。そのことは同時に、心の豊かさまでも失われてしまうことに直結するのではなかろうか。

私は、そうした思いをI記者に語った。

後日、私たち三人の渡島は、『二一八年前、集団離島した八丈小島を訪れる　ふるさとはヤギの島に』（「朝日新聞」平成九年三月八日付）との見出しで、全国版の社会面に大きく報道された。

野ヤギの繁殖はとまらない。八丈町では懸命に駆除しているのだが、捕獲が間に合わない。繁殖しすぎたヤギは、餌の奪い合いを始めて、断崖にはヤギの死骸が横たわるようになった。

『無人島に野ヤギ五〇〇頭置き去り　異常繁殖』（「朝日新聞」平成十四年三月十八日付）

このことは国会でも話題になったようで、私の元へ一本の電話が入っ

異常繁殖し、闊歩している野ヤギたち

た。私の作品や記事を読んで、「野ヤギ問題を解決の方向で進めたい。視察団を構成して小島に渡る」というのである。

山口那津男参議院議員（現・公明党代表）を中心に、東京都議や八丈町の町議などが、八丈小島を視察することになった。国、都、町が連携して解決の糸口を探り、「捕獲→飼育」「里親制度」を実施、八丈小島の植生回復への道筋がつけられたのである。東京都から八丈町へ補助金も支給されることになった。

小島のヤギはすべて捕獲された。捕獲されたヤギは、小島から八丈島に運ばれ、町に造られた「ヤギ牧場」に放牧されたり、里親に引き取られて飼育されることになった。

一時は『漁場に影響・捕獲は困難、全二〇〇頭射殺へ』（「毎日新聞」平成十六年三月十五日付）とまで騒がれたヤギ問題も、全員の力によって解決されたのであった。小島は再び、緑したたる島によみがえった。

その後、平成二十四年（二〇一二年）、千葉県在住の高橋克男さん（鈴木文吉氏の三女の夫）から、「八丈小島に人々が生きた証を残すために、石碑を建てようではないか」と相談

八丈島のヤギ牧場で飼育されている小島のヤギ

を持ちかけられた。高橋さんが発起人となり、先頭に立って資金集めに奔走し始めた。旧島民、元教員、八丈島ライオンズクラブなどから多額な寄付が集まった。八丈小島が真正面に見える八丈町大賀郷に建てられた石碑には、鈴木文吉氏の「詩」が刻まれた。

平成二十六年（二〇一四年）十一月二日、八丈町長をはじめ、小島関係者、マスコミ各社など三十余人が集まって「八丈小島忘れじの碑」の除幕式がおこなわれた。

当日、私は、「石碑は島民の生きた証です。石碑の底には、小島に思いを込めた人びとの魂が波打っています。島民の哀歓や歴史を感じ取ってほしいものです」とあいさつした（「東京新聞」掲載）。

八丈小島を眺めていると、子どもたちと学び遊んだ日のことが、思い出される。小島が無人島になってから、すでに半世紀が経過し、平成二十五年（二〇一三年）ごろからは、クロアシアホウドリが飛来するようになり、産卵もするようになった。世界で最北限の産卵である。だが、その卵はネズミに食べられてしまったらしい。

その後、平成二十九年（二〇一七年）には、二羽のクロアシアホウドリの巣立ちが確認されたという知らせが入った。そのことによって、クロアシアホウドリの世界最北限の産卵地として注目されるようになった。

八丈小島は、今後もクロアシアホウドリの繁殖地として脚光を浴びていくことであろう。みんなでやさしく見守っていきたいものだ。

第六章 語り継ぐ真実

——寄り添い、寄り添われ

講演会場で

古稀からの挑戦

私が勤務した大学は七十歳が定年だった。「七十歳からが本格的な人生の始まりだ」「古稀からが本当の自由の人生の出発点だ」と、私はいっそう心を引き締めた。

七十年歩んできた人生の楽しさ、苦しさ、喜び、つらさが、体内にしっかりと染み込んでいる。それをこれからどう生かすかである。

昭和の時代の終わりとともに、東京都の中学校教諭を退職し、その後の大学勤務も七十歳で無事卒業することができた。だが、私の目の前には、書ききれないほどの作品の題材、いや、書かなければならないこと、次世代に残しておかなければならない問題が山積している。

なかでも、「戦争が子どもたちに及ぼす影響」は、どうしても書き残しておかなければならない。戦時中の体験者が年々減少し、逆に戦争を知らない年齢層が増加していくなかで、「一人でも多くの人に、戦争の及ぼす悲惨さ、むなしさを認識してもらいたい」「二度と戦争が起こらないことを願って、書かずにはいられない」という思いが噴出する。

私は、それまでにも『わたしの8月15日』などに、東京大空襲の体験を灰谷健次郎、早乙女勝元、古田足日さんたちとの共作として発表はしていたのだが、自分自身の空襲体験をテーマとして一冊にまとめたノンフィクション作品は生み出していなかった。

「戦争で受けた打撃や恐ろしさ、さらには、戦災の後遺症を決して風化させてはならない。次世代を担って歩む子どもたちに、戦災体験の真実を語ることは、人権を守ることや生命の尊厳を考えさせる根源になるのではないだろうか」と、つねに考えていた。そこで、戦争の裏側でどのような出来事が起こっていたのかを体験をとおしてまとめ、語り継いでいくことが、真っ先に取り組まなければならない作業であると思った。

大学を退職後、すぐに「東京での空襲体験や疎開当時の出来事」を執筆し始めた。

『東京の赤い雪』公演

最初に完成したのがノンフィクション『東京の赤い雪』であった。東京大空襲で戦災孤児となるまでの過程を整理し、その背後にあった真実の記録をまとめあげたものである。

疎開当時の真実と、私自身の心情を中心に描きたかったので、福島県猪苗代町への疎開と、東京に残った父の言動を柱にストーリーを展開した。

学童縁故疎開先の猪苗代の祖母との交流→疎開児童の学校生活→父との別れ→東京大空襲→終戦時の心情→未来への目という構成にし、各地で公演できるように「口演」という形式をとった。

タイトルは、父と別れた日の、父の最後の言葉「東京は赤い雪（焼夷弾のこと）が降るけれど、福島の雪は白いだけだ」から、『東京の赤い雪』とつけた。

私は同書を手に、東京江戸博物館（両国）の大会場をはじめ、全国各地での講演活動に奔走した。

戦争の悲惨さや、むなしさをテーマに、「戦争で、大切な家族を失ってしまうことがあるのです」「戦争は、軍の強制命令によって学童を労働に追い込み、そこからいじめを生み出したのです」「戦争は、親しい友との間を切り裂いてしまうのです」と、己の具体的な体験をとおして熱く語りつづけていった。

さらに、一人でも多くの人に、戦争の背後に流れている悲惨な出来事を認識してもらいたいと、『東京の赤い雪』の舞台公演の実現に向かって走り出した。

早速、株式会社ヘヴンエンタテインメントというプロダクションを経営している姪の川口良絵(妹の二女)に相談すると、「私も『東京の赤い雪』の舞台公演を考えていた。うちのダンシングチームを中心に、やってみようかしら」と、快い返事が返ってきた。

彼女は、ヒップホップなどのダンスを取り入れて、踊りと朗読を軸に構成してみたいという。

「それはありがたい。ひとつ頼む。でも、作品は忠実に再現したいので朗読を入れてほしいな」

「おじさんの知っている方で、だれか出演してくれる人はいますか?」

「舞台である以上、お客さんを呼べて、朗読のじょうずな人でないとね」

私は、しばらく考えてから提案した。

「早見優(はやみゆう)さんは、どうだろう?」

かつて、早見さんとは、高松市で行われた「子育てシンポジウム」や新聞での鼎談(ていだん)、雑誌での対談などをしたことがある。気心も知れているし、朗読もじょうずだ。早見さんに連絡をとり、事情を話して依頼したところ、即日承諾を得ることができた。

こうして『東京の赤い雪』は本の出版後、東京都昭島市(あきしましし)、福生市(ふっさし)、羽村市(はむらし)などで毎年のように公演を開催している。

舞台は、作品の要所の朗読と、ヒップホップのダンスを中心に展開する。

ダンスは、パニクルー(ダンスパフォーマンスグループ)と、ヘヴンエンタテインメント

『東京の赤い雪』公演のフィナーレ（平成21年）

のダンサーたち。朗読は早見優さん（歌手・女優）、飯島晶子さん（朗読家）、山川千代美さん（声優）。演技は、池谷幸雄さん（元オリンピック体操メダリスト）、光丘真理さん（児童文学作家・元女優）ほか多数の方々に出演してもらった。そして、公演の結びには、私が作品秘話を語るのだ。

各会場は毎回、満席に近い盛況であった。

海老名香葉子さんも、遠方の羽村市まで公演を観に来てくださった。

「漆原さんの作品もぜひ、上野の森の記念式典で紹介させてください」

海老名さんに声をかけていただき、「時忘

れじの集い・記念式典」において、『東京の赤い雪』が、私の朗読で紹介されることにもなった。

海老名さんも東京大空襲で戦災孤児になった一人である。戦後、親戚に世話になり、その後、落語家の初代・林家三平さんと結婚され、林家一門のおかみさんとして親しまれている。また、戦災体験の著書も多く出版されている。

二度と戦争を起こさず、また、悲惨だった戦時下の生活を風化させないために、公演は今後もつづけていくつもりでいる。

疎開・空襲を題材に書く

だれにでも、「次世代にどうしても、伝え、残したい仕事」がある。私にとって、それは「戦争の悲惨さを次世代に語り継いでいきたい」というものなのだ。

そんな願いを込めて、いまもなお、「戦時中の疎開・空襲」を題材に、ノンフィクション、創作物語、絵本などあらゆる手法で書きつづけている。
『わたしたちの戦争体験・全10巻』は、第一線で活躍中の児童文学作家が「戦場・沖縄・疎開・空襲・遊び・学校……」など、戦時下の子どもたちの生活についてさまざまな視点から題材を選択し、体験者に直接会って取材し、まとめあげるという企画であった。私は、自分自身の体験のほかに、二人の体験者に取材して、「疎開」と「戦時下の遊び」をまとめることになった。

中野登美（とみ）さん（東京大空襲当時は小学校四年生）は、東京の空襲が激しくなったとき、静岡県のお寺に集団疎開をした。母が、「登美は、お手玉遊びが好きだから」と言って、大豆を入れたお手玉をたくさん作ってくれた。

お手玉遊びは楽しかったが、お腹（なか）が空（す）いていた。ふと、お手玉の大豆を食べようかと思ったこともあったが、我慢した。

そのうち、食料が乏（とぼ）しくなり。寮母（りょうぼ）さんに「お手玉の大豆を供出（きょうしゅつ）してほしい」と頼まれる。登美さんのお手玉の中身は小石に変わってしまったのである。

河路ちゑ子さん（東京大空襲当時は小学校四年生）は、東京から長野県の温泉旅館に集団疎開する。お腹が空いてたまらない。友だちといっしょに川に入り、メダカをすくってきて火鉢で焼いてこっそりと食べた。

食膳当番の日。友だちが、おかずの量に目を光らせている。当番者のおかずの量が少しでも多いと、「自分の席に、ズルをしておかずを置いたのだろう。おまえは、野菜が一本多いぞ」などといじめられたこともあったという。

取材当日、中野さんと河路さんは疎開生活の一端を、涙を浮かべながら語ってくれた。最後に二人は口をそろえるように言った。

「あのような生活が、二度とあってはならない」

「子どもには、お腹いっぱいご飯を食べさせたい」

私は二人の体験を「お手玉のたね」「疎開先を転々と」と、題して作品にまとめあげた。ただ作品を書くだけではなく、こうした話題を携えて各地の学校を巡り、戦争中の様子を語り、平和の尊さを語りつづけていった。

ラジオ番組で中島啓江さんと共演

「世界各地では、いまも戦争や紛争が起こっています。皆さんは、戦争をテレビやゲームのようなバーチャルとしてとらえるのではなく、現実をしっかり見つめてください。いま、生きていることのすばらしさをみんなで考えてみましょう。それにはまず、戦時中や戦後の生活について、家族やお年寄りの方から話を聞いたり、調べたりしてください。私も、多くの人を訪ねては調べています。すると、さらに戦争の悲惨さや、命の重みが見えてくるのです」

しんどく時間のかかる作業だが、こうした活動を継続することが、戦災体験者に課せられた責務だと思っている。次世代を担う子どもたちに「戦争の真実を語ること」は、同時に「人間の尊厳さを考えさせること」に直結することになるからだ。

講演会のほかにも、ＮＨＫ「ラジオ深夜便」への出演をはじめ、ラジオ番組で中島啓江（なかじまけいこ）さん（故人）や二代目・林家三平さんと対談形式で「空襲・疎開体験」を語らせていただいたこともある。

戦争は仲間を引き離す

年老いてくると、昔の友が懐かしくなってくるものだ。

還暦（かんれき）を過ぎたころから、台東区立千束（せんぞく）小学校の同期会が毎年開かれるようになった。五十余年ぶりの再会である。

私たちは太平洋戦争が勃発（ぼっぱつ）する前年、昭和十五年（一九四〇年）に入学した。当時、新入生は三百人ほどいたと思うが、いつしか仲間は縁故・集団疎開や戦後の混乱によって各地に離散してしまった。学校周辺は戦災で焼け野原の状態だった。

同期会の開催に向け、幹事が必死になって呼びかけ、仲間を探し始めた。第一回の同期会に集まったのは三十人足らずであったが、「これでも集まったほうだ」と、幹事長のKくんは満足そうに言った。

戦争が多くの友を引き離してしまったことは言うまでもない。縁故疎開したまま帰京できなくなった者、帰郷したが戦災で家は跡形もなく、他区や他県へ移り住んだ者、戦災で親を亡くし、孤児になった者などさまざまである。

当日、自己紹介を聞くのはつらかった。が、同じ仲間だからこそ語ってくれるのだろうと、一言も漏らさないようにと耳を傾けた。

「俺は、家族全員、六人戦災死。それで親戚に預けられて育った」（Kくん）

「父の実家に疎開した。だから、今日は静岡の山中から出てきた」（Hくん）

「疎開から戻ったら家族は行方不明だった。上野の駅で捕まって施設に入れられた」

（Aくん）

「三月十日、浅草の家にいた。空襲のとき、千束小学校に逃げて助かった。頭上を炎が舞っていた。本当に怖かった」（浦和一男くん）

涙ぐましい話が次々とつづく。

「疎開中に病気になったSくんは、東京の親元に返され、大空襲に遭って亡くなった」という話まで聞かされた。

私は浦和くんとは、なかでも親しくしていて、偶然にも五年生まで同じ学級だった。私の店は、大通りに面した街角だったので、浦和くんの住む横丁通りで、相撲、メンコ、かくれんぼなどをして遊びに興じたものだった。ときには私の母が浦和くんも誘って、いっしょに上野公園や泉岳寺などへ連れて行ってくれたものだ。

浦和くんとの再会によって、少年期の浅草時代の思い出が克明によみがえってきた。

「浦和くんと再会できたおかげで、忘れかけていたことがよみがえってきたよ」

友とはありがたいものだ。じつは浦和くんとは、その十数年前、四十六歳のときに三十五年ぶりの再会を果たすことができていた。

「戦争が終わってから、漆原くんを探したんだ。そうしたら、たまたま買ったある雑誌に『漆原智良』と、載っていただろう。そこで、出版社に電話して、調べることができたんだ」

モノを書いていたことの利点を、このときほど強く味わったことはなかった。

こうして千束小学校の同期会は還暦（六十歳）の年に発足したが、五年、十年と歳月が流れるうちに、仲間が天国に旅立ったり、足腰が弱まったりと、次第に先細りとなり、傘寿（八十歳）を迎えた年に解散ということになってしまった。

同級生仲間の一人ひとりには、戦争に翻弄された哀しみの物語が宿っていた。記憶の糸を引き寄せながら、仲間は当時の生活実態をそれぞれに語ってくれた。

戦後七十年の節目が近づいてきたころ、私の元に執筆依頼が舞い込んだ。

「平成二十六年（二〇一四年）は強制疎開命令が発令されてから七十周年になります。

学童疎開前後の生活——戦争が勃発し、生活が泥沼化していく戦時中の学校教育、友だち関係、遊び、さらには、戦後の戦災孤児の歩みなど——を含め、疎開体験を軸に物語化（フィクション）し、まとめてみてはどうでしょうか。小学校中学年の子どもにも理解できるグレードで……」

私の胸にはつねに、「私や同級生の体験をまとめて、いつか次世代に残す本を出版したい」という思いがあったので、「この機会に一気に書いてしまおう」と、小学生時代の出来事や縁故疎開先の学校で強制的に農作業に従事させられた思い出を物語風に書き上げたのが、『ぼくと戦争の物語』である。

私は、本書を携えて各地で「戦時下の体験」を語りつづけた。

「この本は、戦時下の東京の生活と疎開先の子どもの生活を題材に物語化したものです。しかし、戦争で親を亡くした子どもたちにとっては、その日から人生の苦難の戦争が始まりました。そして、深い痛手（いたで）は一生、背負いつづけていかなければならないのです」

戦後70年を記念した講演会（平成27年）

このように前置きしてから、戦後の苦難をどのように乗り越えていったのか、多くの犠牲者の体験を例に挙げながら、戦争の爪痕を浮き彫りにして「戦争の惨さ」から「平和の尊さ」を訴えているのである。

火のカッパ

最近気になることがある。

各地の小学校や図書館などに講演に行き、「戦争は残酷で、無残で、たとえ終わっても、むなしさだけしか残らない」と語って、「戦争・原爆・空襲・疎開などを題材にしたすぐれた作品」を何冊か紹介するのだが、時折、子どもたちから「どの本もみな同じように残酷な場面、屍をまたいで渡る場面などが多くて、戦争の本は読みたくなくなってしまう」との声が聞かれるのだ。

作者は、戦争の事実は事実として、リアルに表現しようと考えているのだが、七十年余の歳月は「日本が大きな被害を相手国に与え、また、日本が被った太平洋戦争」を、社会のずっと片隅へと押し込んでしまっているような気がしてならない。作家仲間でさえ、「戦争物は残酷で読みたくない」と首を横に振る者がいるのだから、落胆する。

先日も、ある子どもから、「戦争の作品は、みな同じようなものばかり。グロテスクだ……云々」という手紙をもらってハッとしたことがある。しかし、いかなる手紙をもらっても、どうしても戦争体験だけは次世代へと伝えなければならない。

いまだに世界各地では戦争・内戦・紛争があとを絶たないという現実が横たわっているのだから。

だが、いまは、その伝え方の手法を再考する時期が来ているのかもしれない。そうしたことから、「東京大空襲を過去の作品にはない、新しい視点から作品化できないものだろうか?」と考えた。

そのとき、浅草時代の幼・少年期、祖母にしつけられたことが頭をよぎった。祖母は、私をほめるときや、注意するときには必ずと言ってよいほどカッパを登場させた。

一人で絵本を読んでいると、祖母はこう言った。

「きっと、どこかでカッパが見て、感心していたと思うよ」

「おばあちゃんにはカッパが見えるの?」

「ああ、見えるとも……。智良も、そのうち見えるようになるさ」

「へんなの」

こうした会話がつづいた。

また、夜遅くまで遊んでいると、「カッパがやってきて、隅田川の底へ連れて行かれてしまうよ」と、祖母に真顔で注意されたものである。そんなことから、私は小学校に入学してからも、「悪さをするとカッパがやってきて隅田川に連れて行かれる」「勉強しないとカッパにへそをとられる」と信じていたのだ。

浅草にはカッパ伝説があり、カッパ寺や合羽橋という地名があることも、カッパを信じる一因であった。小学校の教室でもたびたび、「鐘が鳴ったのに席についていないと、カッパに連れて行かれるぞ」と注意するものだから、友だちから逆に、「おまえ、カッパがいると信じているのか？　バカじゃないの」と、冷やかされたものである。

そんなことがモチーフとなって誕生したのが、平和絵本『火のカッパ』である。

太平洋戦争が激しくなり、浅草にも焼夷弾が落ちてきた。主人公は母に手を引かれて逃げた。辺りは火の海地獄だ。家族とはぐれてしまった。すると、そのとき炎の間からカッパが顔を出し、「上野の山へ逃げろ！」との声。主人公は、炎の中を走って逃げたというストーリーである。

私は、「心で深く見れば、物事の本質が見えてくる」ということを祖母から教わったような気がする。それには想像力を働かせなければならない。「想像は創造の入口」でもあるからだ。

『火のカッパ』のイラストを手がけた、立松和平氏の長女・画家の山中桃子さんと

架空の動物・カッパを見抜き、心に住まわせることは、同時に、自己を取り巻く物事の本質を鋭く見抜く眼を育むことにも直結する。

罹災当時、少年だった私が、それからの人生を、どこか安心して暮らせてこられたのも、「行方不明になった家族が、カッパの世界で暮らしている」と信じ、想像することによって、救われてきたのかもしれない。「真のやさしさとは、生命をかけがえのないものとして慈しむ心」ととらえ、架空のカッパと共存させて『火のカッパ』を明るくまとめあげたのである。

その後、私の手元や出版社に、「カッパと生きていると思うだけで安心した。でも、戦争の恐ろしさを知ることもできた」という内容のファンレターがたくさん届けられた。ともかく「戦争の本を読んでくれる」という門戸が開けていくことがなによりもうれしい。

第七章　震災を超えて

——3・10から3・11まで

復興の象徴・ひまわり

生きる力がわく言葉

平成二十三年（二〇一一年）三月十一日、午後二時四十六分。自宅の二階の部屋で、いつものように原稿用紙に向かっていると、突然、椅子と机が揺れ始めた。

「地震だ！」

ペンを置いて立ち上がり、ベランダに出た。妻が洗濯物を取り込んでいた。

「震源地、近そうね」

一階に下りた妻が、すぐにテレビをつけ、「地震速報」に目を注いだ。

「震源地は東北の岩手、宮城県沖ですって。東京でこんなに揺れるのだから、震源地はどうなっているかしら？」

私も、テレビに釘（くぎ）づけになった。

「マグニチュード7・9、震度6強……」

テロップが流れた。それから一時間ほど経ったころだろうか。息がつまるような映像が画面に現れた。津波が押し寄せてきたのだ。どす黒い不気味な波が防波堤を乗り越え、またたく間に人家、船舶、自動車などを呑み込んでいくではないか。それはまるでとぐろを巻いた蛇のようにも見えた。

津波から逃げ惑う人々。泣き叫ぶ声。やがて、港の周辺は船から油が流れ出したのか、炎が舞い上がり火の海となっていく。

数日後、瓦礫のなかに茫然と立ち尽くし、うつろな瞳でどす黒く変化した海を、恨めしげな瞳で眺めている少年の姿がテレビに映し出された。家族を探しているのだという。テレビカメラは情け容赦なくアップで迫っていく。

私が戦災孤児になったのが3・10。東日本大震災が3・11。戦争と震災、昭和と平成、内容と年代こそ異なるが、「悲しみを背負った心」は普遍的なものなのだ。

その瞬間、太平洋戦争の終結時、わが家の瓦礫の跡地に佇んだ自分自身の姿と、少年の姿とがオーバーラップした。

「負けてはいけない、強く生きるんだよ。私も立ち上がらなければならない」

私はテレビに向かって叫んでいた。

大津波は、東日本沿岸に住む二万余の尊い生命を奪っていった。

それからまもなくして、被災地へのボランティア支援活動が立ち上がった。

「参加したい。復興のお手伝いをしたい」

テレビで、被災地の惨状を目のあたりにするにつけ、高ぶった気持ちだけが独り歩きする。

「何か、できることはないだろうか？」

かつて、戦災孤児だった私が、今日までくじけず、いじけずに辛苦の半生を歩んでこられたのは、多くの人から励まされ、勇気づけられたからにほかならない。多くの人や、書籍などからもらった言葉は内奥で育まれ、生きる原動力になった。

「このような〝珠玉の言葉〟を選び出し、エッセイ風の作品にしてみたらどうだろうか。被災地の子どもたちに、生きる力を与えられる言葉、夢と希望を与えられる言葉。

その言葉がどこから生み出されてきたのか、具体例を挙げながらまとめてみよう」

私は早速、ほかの執筆をしばらく休んで、何気ない平易な言葉の奥に潜む哲学を引き出し、具体的事実をとおしてまとめあげていくという作業に取りかかった。たとえば、次のようなものである。

「つらかんべぇ」＝戦後、新制中学校を二年半ばで中退し、モーター、トランスの修理販売業の横松電機店で働いていた。午後、同級生が店の前に立ち止まり、「漆原がコイル巻いてっぜやぁ」と、冷やかしていく。主人の横松仁平さんは「裏の部屋で和夫（店主の幼い息子さん）と遊んでいればいい」と同情してくれる。「漆原くん、つらかんべぇ」。その言葉は、いつまでも心の底に染み込んでいる。

「街はすぐに生き返る。負けるなよ！」＝戦後まもなく、家族を探しに上京した。わが家の跡地は瓦礫の山だった。灰をすくい新聞紙に包んでリュックに詰め込んだ。そのとき、近所に住んでいた花屋のおじさんがやってきた。東京大空襲の日、「早く逃げよう」と、父に声をかけたそうだ。おじさんは、「街は、すぐに生き返るから、負けずにがんばれよ」と、肩を叩き励ましてくれた。

ほかにも「己に克て」（井上靖）、「なにくそ」（壺井栄）、「すばやく出す。それが江戸前だ」（「駒形どぜう」の主人の言葉）など、三十数編ほど挙げてみた。

何気ない、どこにでも転がっているような「言葉」ばかりかもしれないが、受け取る側が内面で発酵させれば光り輝き、明日へ前向きに生きる力の源泉ともなるのである。

「子どもたちが震災に打ちひしがれることなく、苦難を乗り越え、笑顔で立ち上がってほしい」

そこから、さらに私を励ましてくれた言葉二十六編を選び、気合を入れて一カ月で一冊にまとめあげてみた。

その出版は、今人舎が引き受けてくれた。さらに、「希望がわく童話集も同時に出版しましょう」との新たな提案までしてくれた。

「こんなありがたい話はありません。被災地は喜びます。津波で家族や家屋、家財を失い、急遽、高台にある体育館や公民館などに避難している被災者が、笑顔になれる童話も送りましょう」

そこで私が、内田麟太郎さん、最上一平さん、高橋秀雄さんなど、現在、活躍中の八人の童話作家を選び、それぞれに執筆してもらった短編童話を一冊にまとめあげることになったのである。

こうして『生きる力がわく珠玉の言葉・つらかんべぇ』と『希望がわく童話集・白いガーベラ』が完成した。

同書には、被災者全員が避難所で童話を聴けるようにとの配慮から、「音筆」（ペン型IT機器）も付けることになった。「音筆」はセーラー万年筆株式会社と、株式会社ウィズコーポレーションの無償提供を得て、二百カ所の避難所に数冊ずつ寄贈されたのだった。

支援活動の第一歩がスタートした喜びを胸に、私は早速、現地へと飛んで行った。

ど根性ひまわりのき〜ぼうちゃん

震災の被害を被(こうむ)った人々には、一人ひとりに悲しみや苦難の物語があった。いや、人々だけではなく、言葉を持たない動植物さえも、それぞれが喜怒哀楽の物語を背負っていたのだ。

そのひとつが、被災地である石巻市(いしのまきし)に建てられた「がんばろう!石巻」の看板の下から、瓦礫を突き破って芽(め)を出し、花を咲かせた一本のひまわりだ。

ひまわりは「ど根性ひまわり」と名づけられ、その夏、二世の種が採(と)れた。種は年ごとに増えて、全国各地に配られた。

「津波にも負けなかったのだ。強さを感じるなぁ」

「まさに、ど根性ね!」

私は、いつも妻と感心していた。

東日本大震災から三年の歳月が流れたある日、第三文明社から連絡が入った。

震災1カ月後に作られた、タテ1.8mヨコ10.8mの看板には「がんばろう！石巻」と書かれ、多くの人に力を与えている（平成23年5月）

「ど根性ひまわりの種が全国に広がり、各地で花を咲かせたと、読者からたくさんのお便りや、写真が届いているんですよ。見にいらしてください」

対応してくれた編集者は、読者からの便り、写真、新聞記事などのたくさんの資料や写真のファイルを抱えるようにして持ってきて、広げてくれた。

被災当時、まだ瓦礫も片付いていない荒れ地から、ひまわりが芽を出し、数十センチ伸びてきている写真に胸を打たれた。

「どこから流れ着いたのか？　それともそこに種があったのか？　それにしても

二十メートル近い津波にもつぶされず、芽を出してくるとはすごいですね」

私が感心してため息をついていると、編集者が、それまでのいきさつを説明してくれた。

東日本大震災からひと月ほどして、石巻市の有志が集まり、「いつまでも、心が沈んでいてはいけない。復興をめざして前向きに立ち上がろう」と、合板を拾い集め、津波で流された街の、まだ瓦礫が残る自宅跡地に太字で「がんばろう！石巻」という文字を書いた幅十メートルほどの看板を立てたのだという。

すると、その夏、瓦礫を押しのけてひまわりが芽を出し、やがて種が採れたのだった。

「ひまわりの花を見て被災地を思い起こしてほしい。風化させないでほしい」

こうした被災地の願いとともに、種は全国へ、世界へと広がり、毎年、毎年、花を咲かせているのだ。各地から寄せられたひまわりの写真や手紙を目にした私は、心がときめいてきた。

「ど根性ひまわりの写真を見ていると〝負けていられるか〟と、元気がわいてくるの

人々に生きる勇気と希望を与えているど根性ひまわり5世の花

です」

「ど根性ひまわりの写真を撮って、写真展を開きました」

「いま、入院中ですが、ひまわりの写真を見て励まされています」

「被災地を思い出し〝がんばれ〟と声をかけています」

「寝込んでしまったおばあちゃんが、元気を取り戻してきました」

津波に負けずに芽を出したひまわりに励まされ、力強く立ち上がっている読者の声に感動した私が、しばし、各地で咲き誇るひまわりの写真に見入っていると、編集者から次のような提案があった。

「この、ど根性ひまわりの物語を子ども向けの絵本にして、後世に残したいと思っているんです」

読者からの手紙や、ど根性ひまわりの写真を一枚一枚手にしていると、その奥から、海鳴りに似たような音が聞こえ、防波堤を乗り越えた白い帯状の津波が灰色に変わり、街を襲っていく光景が映ってくるのであった。

家族を失い、家屋をつぶされ、一度は打ちひしがれた人々が、瓦礫を押しのけて芽を出した一本のど根性ひまわりの生命力から勇気と希望をもらい、前向きに立ち上がっていこうとする姿に共感した私は、被災地を励ます一助になればと、即座に執筆を快諾した。

翌年の二月、私は編集者らと三人で石巻へと取材に向かった。

「がんばろう!石巻」の看板を作った黒澤健一(くろさわけんいち)さんに直接会うこともできた。

水道配管業を営む黒澤さんは目の澄んだ誠実な青年で、震災当時の様子を忌憚なく語ってくれた。

「東松島で仕事をしていたんです。急いで自宅に帰る途中で津波がやってきて……松の木によじ登って一夜を明かしました」

「……」

私は、尋ねようとする言葉も喉元で止まってしまい、無言でメモをとるだけであった。

〝怖かっただろうなあ〟

その後もただ固唾を呑んで耳を傾けるだけだった。

「高い木の枝につかまっていましたが、津波は足元まで来ていました。手を放したらおしまいだし、雪は降ってくるし、体は冷えてくるし……。妻のことも心配で……」

私は話の合間から、恐怖の光景や心情を想像する。

波が引いた後は瓦礫の山。彼の奥さんは、避難所へ逃げて助かったという。だが、悲しいかな、津波は多くの善良な市民をさらっていったのだ。その後、しばらくは仲間の多くが放心状態だったそうだ。

「このままではいけない。力を合わせて前向きに立ち上がろう」

こうして、自分たちを励ます意味を含めて、自宅の跡地に大きな看板を作ったのだという。その看板の下から、ひまわりの芽が出て、そのひまわりの種が、二年、三年……と経つうちに全国に広まった。

いつしか、「ひまわりの花を咲かせることは、被災地を励まし、震災を忘れないための行動になる」という復興支援の運動にまで発展していったのだ。

その半年後、絵本『ど根性ひまわりのき〜ぼうちゃん』が完成した。私は、ど根性ひまわりの花を全国に咲かせるために、本書をスライド化し、各地の小・中学校、公民館、生涯学習センター、美術館などで作品を投映しながら、読み聞かせと同時に、「作品取材の秘話」「被災地への思い」「本書の願い」「犠牲者への祈り」などを語り、ひまわりの種を配布する活動を進めていった。いまでは、ど根性ひまわりの種は、アメリカ、インド、中国にまで広がり、絆（きずな）を深めている。

「大震災を風化させないために、励ましの心と負けない心を持つ、ど根性ひまわりの花を咲かせよう」という運動は、着実に広がりを見せ、ど根性ひまわりはいつしか復興のシンボルとなっていった。ど根性ひまわりの花を咲かせることは、いのちの尊さや、平和な世界について考えさせることに直結していくのだ。

「ど根性ひまわりよ、全世界に花を咲かせておくれ！」

私は、今日もど根性ひまわりの種を携えて、各地を駆け巡る。

天国にとどけ！ ホームラン

東日本大震災から四年後の平成二十七年（二〇一五年）春。秋田市で開催された写真展「ど根性ひまわり展」を皮切りに、地元・石巻市でも写真展が開催された。これは、各家庭でまかれたど根性ひまわりの種が、やがて芽を出し、花を咲かせるまでの過程を記録した写真を集めた展示会である。

ある日、宮城県気仙沼市の千葉清英さんから手紙が届いた。

「貴書『ど根性ひまわりのき～ぼうちゃん』を読み、生きる勇気をもらいました。次回の写真展『ど根性ひまわり展』を気仙沼で開催したいのですが、その折にテープカットをお願いできませんか」という内容だった。私は即座に協力を約束し、何度かメールで交信した。

「いつまでも支援に甘えてばかりではいられない。自分たちの力で新しい世界を開拓していこう」と、被災者は一人、二人……と力強く立ち上がっているという。千葉さんも、その一人であった。

その年の夏、千葉さんは、打ち合わせのために、私の住む東京・羽村市まで足を運んでくれた。改札口で初対面の千葉さんを迎えると、私たちは近くのカフェで語り合った。

「秋に、気仙沼でも『ど根性ひまわり展』を開催しようと思っています。できたら、講演もお願いしたいのです」

「被災地支援のためなら、時間があるかぎり、どこへでも飛んで行きますよ」

改めて気仙沼来訪を要請された私は、快諾した。話は弾んだ。私たちの話はそれぞれの立場から、戦災や津波の体験など、果てしなくつづいた。

人間にとって最も心痛む悲しみとは、「家族を失う」ことである。悲しみのあまり、ときには生きる気力まで失ってしまうことさえあるだろう。それは、同時に自分たちの生活の未来が途絶え、暗礁に乗り上げてしまうことにも通じるからだ。

私は戦争で家族を失ったので、「戦争を二度と起こしてはならない」「戦争体験を風化させてはならない」と書き、叫びつづけてきた。

また、いつやってくるかわからない地震や津波などの大災害によって、突然家族と別れなければならないという悲しい事態が起こらないとはかぎらない。

どんなときにも、「打ちひしがれることなく、強く立ち上がってもらいたい」という願いのもとにペンを執ってきた。

千葉さんも、東日本大震災によって辛酸をなめた一人である。

気仙沼の港湾の近くで乳製品販売業を営んでいた千葉さんは、津波が押し寄せてきたとき、家族七人を逃がしたが、途中で道路が混雑して車が前に進めず、津波に巻き込まれて家族が犠牲になってしまった。自分も逃げ場を失い、家の二階から波に押し出された。濁流の中を泳いだが、運よく橋の欄干につかまって一命をとりとめた。

「ご家族を亡くされて、さぞ、気を落とされたことでしょう」

「一時は、仕事も手につきませんでした。いや、思考力さえ失ってしまいました」

明るい笑顔の奥に漂う、一抹の寂しさが言葉の端々から伝わってきた。人間は、自分の生活を支えようとする原点(=労働への意欲、充実した人間関係、余暇の活用)への思考力が失せたとき、生きる意欲が消滅してしまうものだ。そのことは、私自身の戦災体験をとおして断言することができる。

「先ごろの石巻市での『ど根性ひまわり展』に感動したのです。それで、私の住む気仙沼でも実現したいと企画を立てました。この夏、多くの人たちに、ひまわりの心を伝えたいと思っているのです」

津波の被害で船が座礁した気仙沼港(平成23年6月)

「やりましょう、花を咲かせましょう」

別れ際、千葉さんは、にこやかなやさしい目を細めて手を差し出した。肩幅のがっちりした身体で、握手も強かった。

その年の夏の終わり、気仙沼「ど根性ひまわり展」のテープカットに参加した。展示会は、多くの人々に感動を与えた。それは「空に向かって、大声で叫べるようになった」「震災を自分の力で乗り越えなければならないと思った」などの、アンケートが如実に証明してくれた。

再び、秋に気仙沼に招かれ、「泣いて、笑って、イキイキ人生」の演題で、自身の人生観を語った。その折に、前向きに歩む千葉さんの震災後の体験を作品化することを約束したのだった。

千葉さんは、高校時代は野球の選手で、都立高校では甲子園予選・西東京大会でベスト4にまで進出したエース投手だった。

家族七人を失い、小学生の息子と二人きりになった千葉さんは、「野球をやりたいから、バッティングセンターを作ってほしい」という息子との約束を果たすため、また気仙沼の子どもたちを励ますために奮闘する。イチゴ入りの「希望ののむヨーグルト」など、オリジナル商品を開発し、被災地支援物産会場で販売して資金を貯めた。こうして震災から三年後に夢が叶い、バッティングセンターを完成させたのである。

こうした千葉さんの奮闘を綴った本は、その翌年、『天国にとどけ！ホームラン』として誕生する。

このようにさまざまな形で復興支援の取り組みに参加していくなかで、友情の輪は日ごとに膨らみを増していった。そこでは、震災の苦難を乗り越えて、前向きに生きる多くの人々の姿を目にすることができた。

被災地を視察すると、復興はおろか、復旧さえまだ遠い先のことのように感じることもある。だが、一人ひとりは悲しみを背負いながらも、真剣に前を見つめて歩いているのだ。

千葉さんも、「大震災で一時は心が折れたときもあったが、沈んではいけない。生かされた命だからこそ、日々を有意義に大切に生きなければ……」と語ってくれた。

千葉清英さん（写真右）とともに

かがやけ！　虹の架け橋

私が、石巻市で木工の創作に取り組む遠藤伸一（しんいち）さん（「木遊木（もくゆうぼく）」代表取締役）と初めて出会ったのは、平成二十九年(二〇一七年)十一月七日のことである。

遠藤さんとは、東京の郊外にある立川駅近くの喫茶店で待ち合わせた。遠藤さんは、すでに先に来ていて、私が店に入ると立ち上がって手を挙げてくれた。

「この場所、すぐわかりましたか?」

「若いころ、たびたび立川の昭和記念公園を訪れていました……そこのウッドデッキを見て、木工の世界に飛び込んだのですから……」

がっちりした体格で、やや小太り。目が悪いということでサングラスをかけている。だが、穏やかなやさしい口調から、その人柄が伝わってくるようであった。

じつはその三日前、私は石巻市の青少年育成協議会会長・斎藤辰治さんに招かれて、同市役所で「ど根性ひまわりと共に歩む」という演題で講演し、3・10東京大空襲戦災体験や、孤児になってからの歩み、3・11東日本大震災以後、風化させないために被災者の前向きに歩む姿を執筆していることなどを語っていた。

その際、「石巻でも、津波で三人のお子さんを亡くされた方が、自宅跡地に支援者の力を借りて遊具を造っている」という話を聞き、斎藤さんの案内で遊具を見に行ったのだが、あいにく遠藤さんは出張中で留守だった。

十一月の風は冷たかった。私は、遊具をじっと眺めた。

遊具といっても、高さ四メートル、幅五メートル、奥行き四メートルと、小さな家が一軒ほど建つ大きさ。木材は、ヒノキ、ウリンなどが適材適所に使われていた。

上り口の近くには三体のお地蔵さんが並ぶ。厚いヒノキの木でできた階段を上り、踊り場に出たら右に折れ、数段の階段を上るとそこは見晴らし台。その中央には太鼓橋が架かっている。その太鼓橋の半円に合わせて、赤、オレンジ、黄色、緑、水色、青色、紫色の「虹の絵」が取りつけられていた。太鼓橋に上り、両手を高く上に伸ばすと、まるで空に吸い込まれていくようだ。

道路側には、三本の長い矢をイメージした五メートルほどのウリンの木の矢が取りつけられ、しっかりと天をめざしている。それは、犠牲になった三人のわが子や、亡くなった人の魂(たましい)を象徴したものでもあった。遊具の見晴らし台の突端まで進み、そこを左に折れると角度のゆるやかなスロープがあり、ゆったりと下りてこられるようになっていた。

「天国に行った子どもや犠牲になった子どもたちのために、造られたのです」と、斎藤さんが説明してくれた。

「これは貴重な記録だ。次世代に残さなければいけませんね」

私の提案を受け、斎藤さんはすぐに出張中の遠藤さんに連絡をとってくれた。そして、三日後に東京での対面が実現したのだ。

東日本大震災当日、遠藤伸一さんには悲しい物語があった。

3・11、マグニチュード9・0の大地震が起こったとき、伸一さんはトラックで工房から自宅へ帰る途中だった。妻の綾子さんは病院に勤務中だった。伸一さんは、何とか自宅にたどり着いた。

中学一年生の花さんは、祖母（伸一さんの母親）といっしょに家にいた。その日は卒業式で早く帰宅できたのだという。伸一さんは小学校へ、四年生の侃太くんと二年生の奏ちゃんを迎えに行った。その後、三人の子どもを母に預け、再びトラックを走らせた。親戚宅が心配だったからだ。無事を確認し、自宅に帰ろうとしたとき、大津波が襲来した。もう戻ることはできなかった。

商店の看板や、テレビ、冷蔵庫などを背負った黒い波が、トラックのフロントガラスを叩きつけた。身の危険を感じた伸一さんはトラックから飛び出した。だが、逃げ場はすでに失われていた。

次の瞬間、体は波に呑み込まれてしまった。車体も回転し、空をあおぐようにして波に呑まれてしまったのだ。どす黒い、まるで魔物のような波は、多くの家々や家財道具などを巻きこんでいた。伸一さんは、車に押され、波に巻かれながら、家とは逆の方向へ押されるように流されていった。立ち泳ぎすればよいのだろうが、波の力に押されて、それさえもできない。「このまま沈んで、死んでしまうのだろうか」と思った。

目の前が暗くなった。

しばらくすると、近くにあったコンビニエンスストアの壁にぶつかり、押し寄せてきた瓦礫の間にはさまれてしまった。足に電流が走るようなしびれを感じた。「少しでも這い上がりたい」と、壁にすがりついたとき、運よく次の波が壁を押し動かした。足が抜けた！　伸一さんは体をよじるようにして這い出し、電信柱につかまった。そして、津波が去ったあと、電信柱から降り立ち、一命をとりとめたのである。

だが、子ども三人は津波に呑み込まれ、家屋・家財もすべて失ってしまったのだ。

遠藤伸一さんとは初対面であったが、お互いに忌憚なく次々と話題が弾み、時間が経つのも忘れてしまうほどであった。

東京にいた修業時代のこと、大震災直後の様子、震災後しばらくは子どもの写真さえ見られなかったこと、サイレンの音も聞けなかったこと、追悼式にも出席できなかったこと、多くの支援者に助けられたことなど、涙ぐましい話はつづいた。

平成二十七年(二〇一五年)三月、イギリスのウィリアム王子(当時三十二歳)が、被災地の視察や住民との交流のため、石巻を訪れた折には、遠藤さんも会見メンバーの一人として王子と会うことができたのだという。

「自然の力はあまりにも大きくて、私たちは無力だと打ちのめされました。だが、私たちを救ってくれたのは、大自然ではなく、世界中の人たちだったのです。感謝しています」

遠藤さんが、ウィリアム王子に避難所の様子や、いままでの活動の写真などを見せながら語ると、王子は、何度もやさしく頷(うなず)いた。通訳がひと息つくと、王子が話しかけてきた。

「私も、大切な母(ダイアナ妃)を亡くしました。思い出すと、つらくなります。そんなときは、今日の日のことを思い出します」

「ありがとうございます」

「あなたは立派なお父さんです」

王子がやさしく遠藤さんの腕をさすった。

「お会いできてうれしく思います」

遠藤さんたちは、王子へのプレゼントをさし出した。それは、石巻で被災した松の木と、イギリスの国樹であるオークの木で作った拍子木(ひょうしぎ)のストラップであった。

ウィリアム王子は笑顔で受け取ってくれた。

「ありがとう。いつまでも元気でいらしてください」

ウィリアム王子から励まされた遠藤さんは、強く生きる勇気をもらったような気持ちになったという。

私は、遠藤さんが震災から立ち直っていく姿を作品としてまとめてみたいと思った。

「震災体験を語ってもらえないでしょうか。どのように苦しみに耐えてきたのか。その行動と心境を教えてください」

こうして、私は、一章ごとに書いては遠藤さんに送るという作業を始めた。遠藤さ

木製オブジェ「虹の架け橋」の前で遠藤伸一さん（写真右）と

ん夫妻も早速、自分が紹介された書籍や新聞の切り抜きなどを送ってくれた。また、事実と異なる部分は丁寧に修正してくれた。その後も何度かお会いしては、震災後の心情の変化などをうかがいながら、執筆を進めているところである。

現在、「木遊木」は、石巻市をはじめ、近くの学校や一般の住宅、支援団体などから、木材によるウッドデッキ、ベンチ、本棚、机、椅子、花の棚などの製作を依頼されている。やわらかな感性をもつ遠藤さんのアイデアによって生まれた木工製品は、各地の学校や公園、仮設住宅などの場所に置かれている。

大震災からまもなく八年となる――。

「生かされた命。生かされた人間は、精いっぱい生き、事実を伝えていかなければならない」

遠藤さん夫妻は、震災追悼式のサイレンからも逃げなくなった。子どもたちの思い出話もできるようになった。

「子どもたちが、ここにいるから……」と思うことによって救われたという。

こうしたなかで、遠藤さんの思いは変化してきた。木工遊具「虹の架け橋」の製作によって、たくさんの人の思いを形にさせてもらえたこと。また、そのことで三人の子どもが喜んでいると思うことによって、幸せを感じられるようになってきたからである。

木工遊具は、支援者の力を借りて各地に三基まで完成した。そして、講演依頼も舞い込むようになった。

「子どものことを語るのはつらい。だが、あの日よりつらいことはもう何もない。

自分たちの話を聞いて救われる命があるならば語ることにしよう。いま、生かされている自分自身が、懸命に歩んでいる姿を語ることによって、自分たちのような思いをしている人を、一人でもなくしたい。励ましたい」

いまでは自宅跡地に、大勢の仲間が集まってともに過ごすことのできる空間を夫婦で作りあげた。

「生きていくために、仲間で必死に支え合った。子どもたちといっしょに生きていくことはできないが、いまは、子どもたちがここにいると感じることはできる」と語る。

さらに、遠藤さんは、身近な人を亡くし、力を落とした人びとを支える「グリーフケア」のファシリテーター（進行役）の養成講座を受け、震災で家族を失った子どもたちの支援事業の共同代表になった。

「子どもたちが、安心し、何でも話せるおんちゃん（おじさん）になりたい」

深い決意を秘めた遠藤さんは、静かにささやいた。

こうして東日本大震災後に不思議なご縁で知り合った被災者の方々との交流をとおして、『ど根性ひまわりのき〜ぼうちゃん』『天国に届け！ホームラン』『かがやけ！虹の架け橋』（仮題）という三部作が生まれることとなった。

「3・10と3・11」。戦争と自然災害。内容こそ異なるが、「生命を守る」「生命を尊重する」という点では何ら変わることはないのだ。一度は自然に叩きのめされたが、そこから前向きに立ち上がろうとする人々の生きる力を、決して風化させてはならない。

私は被災地へ飛び込んでいった。といっても、傘寿を越した爺様がスコップを手にしても足手まといになるだけだ。

「自分にできることは何だろう」

被災地の人々と語り合い、次世代に残したい題材を集め、書きつづけ、未来への生きる勇気を与えることだ。それが小さな使命感であるとも思った。

「命あればこそ、その命を大切に守らなければならない。それには人の命も守らなければならない」

少年期、東京大空襲の難を逃れた私は、その後、「自分の命を生かすとは、どういう行動をとるべきか」と、絶えず考えつづけてきた。

それは、「戦争を起こしてはならないこと」「真のやさしさを兼ね備えなければならないこと」ではないかと、自分なりの結論を導き出した。なぜなら、「本当のやさしさとは、人の生命を尊び、慈しむ心だ」と、体験をとおして学び取ることができたからである。

戦後の日本は戦死者、戦災孤児を一人も出していない。また、私自身多くの人にやさしく支えられ、充実した人生を送ることができた。

これからも私は、命あるかぎり、モノ書きとして「平和」を叫びながら書き綴っていこうと思っている。

（完）

あとがき

今日も世界のどこかで戦争・内戦・紛争が起こっている。
テレビの画面に、シリアの内戦で家族や学校など、すべてを奪われた十二、三歳とみられる少年が、施設のベッドの壁に寄りかかっている痛々しい姿が映し出された。爆弾で両足を切断されてしまったのだという。それでも少年は「将来、医者になりたい」と、インタビューで目標を語っていた。少年の健気に立ち上がろうとする姿勢に胸を打たれた。

戦争は残酷である。無差別に生命を奪い、また一瞬にして家族の生活を百八十度変え、奈落の底に陥れてしまうからである。

十一歳で戦災孤児になった私は、終戦後の一時は「生きるために」「食べていくために」必死になって働いた。なぜなら、戦地で父母を亡くした戦争遺児には遺族年金が支給されたが、空襲などで親を亡くした戦災孤児には何らの保障もなければ、国からの謝罪すらなかったからである。

やがて、世の中が戦後の混乱期から脱却し始めてくると、「生きていくために自分は何をしなければならないか」と、冷静に考える余裕ができた。私は、

「命あるかぎり、戦災体験を語り継いでいかなければならない」

「その事実を書き残していかなければならない」

と決意し、二つの大目標を立てた。

一つは「教師になる」という大目標。

その山に到達するためには、中学校卒業資格試験に合格する、高等学校を卒業する、大学を卒業する、教員試験に合格する……という、いくつもの小目標の山を乗り越えていかなければならない。

もう一つは「作家になる」という大目標。

戦災体験を題材にした作品を書いて、多くの人に読んでもらいたい。それには、作

品を雑誌に発表する、入選する、出版社から上梓する……という、難関をくぐり抜けなければならない。それらの小さな目標を地道に、誠実に一つひとつ踏み越えていく過程で、今日まで多くの人に出会い、温かく、ときには厳しく見守られ、支えられて歩んで来ることができた。『邂逅』を大切に育んできたからこそ、二つの大きな目標が実現できたのだと思っている。その過程で、「夢（目標）は見るものではなく、叶えるもの」であることを、行動をとおして実感として受け止めることができた。

　夢を実現するには、日々の生活を充実させなければならない。それには、「学習・労働の充実」「仲間関係の充実」「余暇の充実」の三点を昨日より今日、今日より明日へと螺旋状に成長させていくことだと定義づけ、前向きに生活を営んできた。

　ところが、その過程で、東日本大震災をはじめとしたさまざまな天災に遭遇し、家族を亡くされたり、家屋を失って、生きる意欲や自信を喪失した人びとに出会うことにもなった。

　私は、黙って見過ごしておくわけにはいかずに立ち上がった。そうした活動のなかで、「〝生活の充実〟のなかには、さらに〝奉仕〟という行動が加わらなくてはいけないのではないだろうか。つまり、〝学習・労働・奉仕の充実〟によって、生活は高められていくのである」という考えに発展させることができたのである。

本書のタイトルを『三月の空を見上げて――戦災孤児から児童文学作家へ――』としたのには、次のような願いが込められている。

一九四五年（昭和二十年）三月十日。3・10＝東京大空襲。焼夷弾の炎で東京の空は真っ赤に染まった。その夜の空襲で十万余の尊い命が失われた。

「戦争で二度と再び赤い空を描き出すようなことがあってはならない」と立ち上がった。平和な社会を求めて活動をつづけてきた半生を書き残したい。

二〇一一年（平成二十三年）三月十一日。3・11＝東日本大震災。未曾有の地震・津波や原子炉の損傷によって、多数の人々が犠牲になった。だが、「生かされた命を大切に」と、多くの支援者に寄り添われ、勇気をもらいながら悲しみを乗り越えている方々と出会った。前向きに新しい世界を開拓しようとしている、こうした方々の姿を書き残したい。

戦争被害と自然災害。原点こそ異なるが、家族や家屋を失い、内面を叩きつぶされた心痛には、共通するものがあるはずだ。昭和から平成の終わりまでの「自身の小さな歩み」を確かめて、そこからまた、新しい生き方を発見してみたいと考えた。

私はいままで、多くの人びとに、「寄り添い、寄り添われながら」戦災体験を語り、永遠に平和な社会がつづくことを願いながら不戦への誓いを語ってきた。それは同時に、「相手の生命を尊び慈しむ心」を抱くことではないかとも考えていたからである。つまり、「人を思いやる、温かく見守る、やさしく接する」の根源は、「相手の生命を尊ぶ」の一語に尽きるのである。

人間ばかりではない。ひそかに生育する植物からも学んだ。八丈小島には「はまゆうの花」が咲き乱れていた。はまゆうは茎が太く、風速五十メートルの台風にも倒れず、甘い香りの大輪の花を咲かせる。そんな、やさしい人間になりたい。

大地震の被災地、石巻市（いしのまきし）の「がんばろう！石巻」の看板の下からは、瓦礫（がれき）を突き破って「ひまわり」が芽（め）を出した。そんな、たくましい人間になりたい。

植物の無言のたくましさにも教えられた。私は植物にも「寄り添われた」のである。

このような話を、第三文明社に提案したところ、すぐに企画を通してくださり、編集にあたっても一方ならぬお世話になった。この場をお借りして厚く御礼申し上げる。

二〇一九年　早春

漆原智良

華書房	1966
三省堂	1969
共文社	1972
あすなろ書房	1974
金の星社	1977（かもめの本）
三省堂	1978
教育出版センター	1978（虫ブックス）
あすなろ書房	1979
あかね書房	1980
ぎょうせい	1980
第三文明社	1982（灯台ブックス）
三省堂	1983
ぎょうせい	1985
ぎょうせい	1987（カルチャー・フォーラム）
中央出版	1989（地球っ子事典・国語シリーズ）
中央出版	1989（地球っ子事典・国語シリーズ）
中央出版	1990（地球っ子事典・国語シリーズ）
ぎょうせい	1990
ぎょうせい	1991（カルチャー・フォーラム）
KTC中央出版	1992
KTC中央出版	1992
KTC中央出版	1992
ぎょうせい	1992

漆原智良　主な著作

- 愛と黒潮の瞳 東京の孤島・八丈小島の教師の記録
- 作文ハンドブック
- たのしい作文教室
- ふしぎな世界にとびこむ（共著）
- 坊っちゃんから伊豆の踊子まで 名作入門
- 日本の秘境（共著）
- 中学生のためのやさしい作文入門
- 大空へのふたりのゆめ（共著）
- わたしの8月15日（共著）
- 世界の伝記33 野口英世
- 島の子・山の子・団地の子
- 日本児童文芸史（共著）
- 自動車王国日本 世界ノンフィクション全集16
- おかあさん 新しいしつけを求めて
- 1・2年の作文
- 3・4年の作文
- 5・6年の作文
- ユーモア交流教室（編著）
- 子どもの心がはじけるとき 新しいしつけを求めて
- 作文の書き方おしえてよ　1～2年
- 作文の書き方おしえてよ　3～4年
- 作文の書き方おしえてよ　5～6年
- すきになってもいいでしょう やさしく性を知る童話

ぎょうせい	1992
中央出版	1992（地球っ子ブックス）
金の星社	1995
ゆまに書房	1995
たま出版	1996
国土社	1996
金の星社	1997
学研プラス	1997
KTC中央出版	1998
KTC中央出版	1998
あかね書房	1998（あかねノンフィクション）
アリス館	2000（人と"こころ"のシリーズ）
ぎょうせい	2000
KTC中央出版	2002
旺文社	2003（旺文社創作童話）
国土社	2004
フレーベル館	2005
くもん出版	2006
フレーベル館	2007
学研プラス	2008
学研プラス	2010
学研プラス	2010
ゆまに書房	2011

心ふくらむおはなし3 ～ 6年（共著）

アニマルカードで名探てい

日本の名作案内 小さな文学の旅

文学への道しるべ 名作ってこんなに面白い（監修）

黒潮の瞳とともに 八丈小島は生きていた

優しいことばを心のひだに

わらってよ、お母さん（共著）

教科書にでてくる最重要人物185人（共著）

元気よすぎる息子へのラブレター 親から子に贈る愛のメッセージ（共編著）

童話読んだり書いたり楽しもう

ふるさとはヤギの島に 八丈小島へ帰りたい

学校は小鳥のレストラン

子どもの心みえてますか 親も先生も肩の力をぬきながら

21世紀新しい子育て 感性のたねをまきながら

風になったヤギ

クロシオ小島のヤギをすくえ

子どもの心がかがやくとき これからの幼児の育ちを考える

脳を鍛える大人の名作絵本「詩」（全10巻）

東京の赤い雪 子どもに語りつぐ口演童話

羽村市動物公園物語 小さな動物公園のアイデア園長

わたしたちの戦争体験「疎開」

わたしたちの戦争体験「遊び」

偉人たちの少年少女時代 1-3

今人舎	2011
今人舎	2011
アリス館	2011
同友館	2011（全3冊）
国土社	2013
国土社	2014
アリス館	2014
アリス館	2014
フレーベル館	2014
第三文明社	2015
小学館	2016
芳賀町	2016
垣内出版	2017
国土社	2018
第三文明社	2019
アリス館	2019

つらかんべぇ

白いガーベラ

童話のどうぶつえん

二宮金次郎

ぼくたちの勇気（編著）

さよなら、ぼくのひみつ（編著）

おばあちゃんのことばのまほう

スワン・学習障害のある少女の挑戦

ぼくと戦争の物語

ど根性ひまわりのき～ぼうちゃん

天国にとどけ！ ホームラン

万智子とはがまるくんの芳賀町探検記

あかりちゃんのつうがくろ

火のカッパ

三月の空を見上げて～戦災孤児から児童文学作家へ

かがやけ！　虹の架け橋（予定）

［著者プロフィール］

漆原 智良（うるしばら・ともよし）

児童文学作家、教育評論家。1934年、東京・浅草に生まれる。法政大学文学部卒業後、東京都中学校教諭として絶海の孤島・八丈小島に赴任。1989年、依願退職し、作家生活に専念。立教大学、実践女子短期大学、秋草学園短期大学で「児童文学論」「幼児教育論」を講じる。NHK懸賞ドラマ『近くて遠い島』で一等入選、NHK放送記念祭賞受賞。第45回児童文化功労賞受賞。第1回児童ペン大賞受賞。（社）日本児童文芸家協会顧問。著書多数。

この本を読んで講演を希望される方は
こちらからご連絡ください。

漆原智良ホームページ

https://ciao-urushibara.ssl-lolipop.jp/contact.html

うるうるブログ

http://blog.urushibara.ciao.jp

装幀・本文デザイン　小椋恭子
写　真　鶴田照夫(カバー)
宍戸清孝(P199、P209)
時事通信フォト(P39)
編集ディレクション　朝川桂子

三月の空を見上げて
―― 戦災孤児から児童文学作家へ

2019年1月19日　初版第1刷発行

著　者　漆原智良
発行者　大島光明
発行所　株式会社 第三文明社
東京都新宿区新宿1-23-5
郵便番号 160-0022
電話番号 03(5269)7144(営業代表)
03(5269)7145(注文専用)
03(5269)7154(編集代表)
振替口座　00150-3-117823
http://www.daisanbunmei.co.jp

印刷・製本　壮光舎印刷株式会社

ISBN 978-4-476-03380-9